Zoë Jenny

Ein schnelles Leben

Roman

Aufbau Taschenbuch Verlag

ISBN 978-3-7466-2059-6

Aufbau Taschenbuch ist eine Marke der Aufbau Verlagsgruppe GmbH

4. Auflage 2007
© Aufbau Verlagsgruppe GmbH, Berlin
© Aufbau-Verlag GmbH, Berlin 2002
Umschlaggestaltung Simone Leitenberger
unter Verwendung eines Fotos von © Javier Pierini/Corbis
Druck und Binden Clausen & Bosse, Leck
Printed in Germany

www.aufbau-taschenbuch.de

Meinem Vater

Sie ist selbst Vogel und Nest –
sie ist selbst Wesen und selbst Eigenschaften –
selbst Schwinge und selbst Feder –
selbst Luft und selbst Flug –
selbst Jäger und selbst Beute –
selbst Gebetsrichtung und selbst Beter –
selbst Suchender und Gesuchter –
selbst Erster und selbst Letzter –
selbst Fürst und selbst Untertan –
selbst Schwert und selbst Scheide. –
Sie ist Hag und auch Baum –
sie ist Zweig und auch Frucht –
ist Vogel und Nest.

Ahmad Ghazzali aus Sawanih
Nachdichtung Annemarie Schimmel

Ich wollte fortkommen, so weit weg wie nur irgend möglich. Aber nicht dorthin, nicht an den Ort, an den man geplant hat, mich hinzuschicken, wenn meine Zeit hier zu Ende geht. Auf keinen Fall werde ich ihnen folgen und tun, was sie verlangen. Das aber werde ich niemandem sagen, auch Matteo nicht.

Die Morgendämmerung ist noch nicht hereingebrochen, das Fenster ein schwarzes Rechteck. Die Bettdecke hinter mir ist zurückgeschlagen, die Innenseite warm und feucht. Ich wünschte, ich würde noch darunter liegen und schlafen; nicht hier am Tisch sitzen, nicht wach sein, nicht in diesem Haus. Es ist völlig still, alle schlafen. Aber manchmal denke ich, daß Ata die ganze Nacht wach oben unterm Dach sitzt, wie ein lauerndes Tier mit geöffneten Augen. Ich stelle sie mir wie einen Vogel mit riesigen Schwingen vor. Sie hockt auf ihrem roten Kelimkissen vor dem kleinen Fenster, starrt in den Nachthimmel und wartet auf mich. In dem Moment, wenn ich ins Zimmer komme, regen sich ihre Schwingen und falten sich auf. Auf ihrem breiten weißen Rücken wird sie mich mitnehmen. Gemeinsam reisen wir ins Innere der Nacht, die eine Höhle ist, aber so weit, daß man keine Zeit haben wird, bis an ihr Ende zu kommen.

Aber wahrscheinlich schläft Ata, tief in ihren Decken und Kissen versunken, und denkt überhaupt nicht daran, das Haus zu verlassen. Tatsächlich wäre sie die letzte, die gehen würde, sie wird auch bleiben, wenn ich und Zafir schon längst woanders sind. Sie wird im Haus zurückbleiben wie in einer Festung. Wird wie immer für die Mahlzeiten und die frische Wäsche sorgen und der Mutter abends die Haare kämmen. Sie wird mein Zimmer und das Zafirs genau so belassen, wie wir es zurückgelassen haben.

Ich bin aufgewacht, weil ich wieder von dem fremden Mädchen träumte, besser gesagt, von ihrem Schatten, den ich damals vor dem Fenster gesehen habe. Ein in die Tiefe stürzender Schatten. Sie hatte sich kurz nach der Pause einfach vom Dach der Schule gestürzt. Wir rannten alle an die Fenster und starrten hinunter, wo sie reglos, wie eingepflanzt, mit dem Gesicht nach unten am Boden lag. Ich habe kein Blut gesehen, aber an der Art, wie der Körper dalag, flach und innerlich zerquetscht, ahnte ich, daß aus diesem Körper kein Atem mehr kam. Zwischen Strumpf und Hosenbein konnte man einen Streifen ihres nackten Beines erkennen. An diesen Streifen heller Haut erinnere ich mich genau, nicht aber an ihr Gesicht, als sie noch lebte.

Irgendwelche Männer hatten dann die Konturen

ihres zerschmetterten Körpers mit Kreide nachgezeichnet, bevor sie ihn abtransportierten. Das alles ist schon ein Jahr her. Niemand spricht mehr darüber, auch ich denke kaum noch daran. Aber manchmal träume ich davon, wie der Körper vom Dach fällt und im Hof dumpf aufprallt. Ich höre das trockene, kratzende Geräusch, das die Kreide am Boden macht.

Ich habe das Mädchen nicht gekannt, sie war eine Klasse über mir, und unsere Wege kreuzten sich nur zufällig. Vielleicht bin ich ihr manchmal auf der Treppe begegnet und habe ihr zugenickt. Es erschreckt mich, daß jemand so einen Plan in sich haben kann, während er dabei lacht und lebt und ganz gewöhnlich aussieht. Ich bedauerte, nie mit ihr gesprochen zu haben. Noch Wochen danach machte es mir angst, daß sie durch das gleiche Tor gegangen war, sich in denselben Zimmern aufgehalten, täglich dieselben Menschen gesehen, dieselbe Luft geatmet hatte und dann von einer Sekunde auf die andere einfach weg war. Niemand wußte, warum sie es getan hatte. Es gab dafür keinen ersichtlichen Grund. »Das ist wie eine Krankheit«, hatte Zafir zu mir gesagt, »die einen haben sie und bringen sich eben um. Sie können gar nichts dagegen tun, es ist, wie wenn sie einem Gesetz folgten.«

Aber das glaube ich nicht. Es gibt kein Gesetz, daß man sterben muß, bevor man angefangen hat zu leben.

»Geh weg!« habe ich im Traum gerufen, während ich auf sie hinunterstarrte, wie sie mit verrenkten

11

Armen und Beinen im Hof lag. Aber im Traum hat sie sich umgedreht und gelacht.

»Verschwinde endlich«, rief ich, aber ihr Lachen stieg nur noch lauter zu mir hoch. Ich war oben und sie unten. Sie war tot und ich lebte; aber sie lachte. Ich hielt mir die Ohren zu. Ihr Lachen verfolgte mich. Noch während ich träumte, wollte ich aufwachen. Ich sah mich selbst von tief unten aufsteigen und mich hochziehen an einer endlos langen Leiter. Es war so anstrengend, daß ich, als ich endlich aufwachte, völlig verschwitzt war und der Stoff des Nachthemdes an meiner Brust klebte. Ich hatte einen trockenen Mund. Hastig tastete ich nach dem Lichtschalter, wie aus Angst, es könnte für immer dunkel bleiben.

Langsam blättert die Nacht von den Bäumen, vor dem Fenster kann ich jetzt die Silhouette der Silberweide erkennen. Ich höre das Geschrei der Krähen. Sie versammeln sich in den Bäumen, hocken in den Baumkronen und verstecken sich. Irgendwo knackt eine Wasserleitung. Ata ist immer die erste, die aufsteht. Ihr Badezimmer befindet sich genau über meinem Zimmer. Meistens wache ich auf wegen diesen Wassergeräuschen. Sie beruhigen mich, es ist, als ob sich das Haus, nachdem es die Nacht hindurch tot gewesen war, wieder aufrichtet. Die Leitungen und Wasserrohre durchziehen das Haus wie Adern, die sich am Morgen wieder auffüllen. Ein Geräusch mündet in das andere, in den großen morgendlichen Strom von

Stimmen, Schritten, Wasserplätschern und sich öffnenden Türen. Bald werde ich selber, verbunden mit den anderen, ein Teil dieses Stromes sein, der durch das Haus zirkuliert.

Nachdem ich geduscht habe, kommt Zafir ins Badezimmer. Er setzt sich auf den Badewannenrand und sieht mir dabei zu, wie ich vor dem Spiegel das Gesicht eincreme. Er fragt mich, ob ich mit ihm im Auto zur Schule fahren will, obwohl er genau weiß, daß ich nein sagen werde. Er weiß, daß Sezen mich abholt. Aber es genügt ihm nicht, mich nach dem Unterricht nach Hause zu fahren. Am liebsten würde er mich überallhin begleiten. »Ich will nicht, daß du in dieser Stadt alleine herumläufst.«

Er übertreibt. Er sagt, die ganze Stadt sei voller Mörder, Verbrecher und Vergewaltiger. Wenn er in der Zeitung über irgendein Verbrechen liest, kommt er und zeigt es mir. »Siehst du?« sagt er dann vorwurfsvoll, die Zeitung wie einen Beweis in der Hand.

Sezen wartet auf mich, an den Birnbaum gelehnt, die Augen geschlossen, als würde sie noch schlafen. Zur Begrüßung küssen wir uns dreimal; je einen Kuß auf die Wange und einen auf den Mund. Sie spitzt dabei die Lippen, und ich wische mir danach den Mund ab, weil sie Lippenstift trägt.

Wir fahren mit der Bahn, und manchmal stellen wir uns vor, einfach woanders hinzufahren. Und ich liebe

*sie, weil sie aussieht, wie eine, die auf einer großen
Reise ist und gerade darüber nachdenkt, wohin sie als
nächstes gehen soll.*

* * *

Ayse öffnete das Fenster. Vom Schulhof drang die
Musik und das Brettern der Skateboards bis in ihr
Versteck hoch. Die hinterste Kabine der Mädchen-
toilette im zweiten Stock des Schulhauses war Ayses
und Sezens Versteck. Zafir hatte sie früher oft ins
Schulgebäude geschickt, wenn sich Ayse in den Pau-
sen bei den anderen auf dem Hof aufgehalten hatte,
aber seit Sezen die Kabine mit dem Fenster entdeckt
hatte, schloß sie sich mit ihr freiwillig ein. Denn von
hier oben konnten sie den ganzen Hof überblicken,
ohne selber gesehen zu werden, und Sezen konnte
in Ruhe rauchen. Es war ihr Rauchzimmer, Versteck
und Spionageposten in einem. »Einen besseren
Platz kann man gar nicht haben«, hatte Sezen begeistert gesagt. Mit ihrer geklauten Kamera, die sie immer in ihrer Tasche bei sich trug, fotografierte sie
manchmal aus dem Fenster.

Jetzt lehnte sie sich in ihrer schwarzen Lederjacke
an die zugesperrte Tür und zündete eine Zigarette
an.

»Die erste ist die beste«, sagte sie und zog genüß-
lich am Filter.

Ayse beugte sich aus dem Fenster und konnte beobachten, wie die Schüler zu Fuß, auf Fahrrädern oder auf Mopeds in das offene schmiedeeiserne Tor einbogen. Sie konnte ihre Stimmen hören, Lachen und Rufe; einige schrieben hastig etwas in ihre Hefte, andere lagen träumend auf den Bänken herum, im Schatten der drei alten Kastanien.

Sascha und Achim fuhren auf ihren Skateboards im Slalom zwischen den Getränkedosen hindurch, die sie aufgestellt hatten, und sprangen dann auf die Sitzfläche einer Bank, von wo sie, die Arme ausgestreckt, im Flug in der Luft wendeten. Ein paar Schüler, mit tiefhängenden Hosen und T-Shirts, die bis zu den Knien reichten, klatschten.

»Eines Tages werden sie sich den Hals brechen«, sagte Ayse.

»Umso besser, dann mach ich ein Bild davon«, sagte Sezen. Sie beobachtet Ayse durch das Objektiv ihrer Kamera.

»Du stehst voll im Licht«, sagte sie, »du versperrst kraß die Sicht in den Morgenhimmel.«

Aber Ayse rührte sich nicht, sie hatte Zafir entdeckt, der belustigt zusah, wie Sascha und Achim auf ihren Brettern durch die Luft flogen. Zafir war einen Kopf größer als die anderen, und eine Schar von Freunden umgab ihn wie ein Wall.

An der efeubewachsenen Mauer, die den Schulhof von der Straße trennte, standen Paul und »Scheitel«. Alle nannten ihn so, weil er die Haare mit Gel so exakt auf die rechte Seite kämmte, daß der Scheitel eine deutliche weiße Linie bildete. Sezen lachte über ihn, dieses Milchgesicht, das nach Parfum roch. Jetzt hatte Scheitel die Arme vor der Brust verschränkt und beobachtete mit feindseliger Miene Sascha und Achim. Plötzlich gab Paul dem Ghettoblaster einen Tritt, so daß die Musik abrupt abbrach und sich alle nach ihm umblickten. Als Achim auf seinem Skateboard langsam heranrollte, stellte sich Paul streitlustig von einem Bein aufs andere. Achim trug die Hosen so tief auf den Hüften, daß man den weißen Bund der Shorts sehen konnte. Er zupfte daran, während er um Paul und Scheitel kreiste.

»He, gibt's 'n Problem?« rief er.

»Na ja. Genaugenommen machst du die Bank kaputt«, gab Scheitel sachlich zurück und zeigte auf die Stelle, wo das Holz am Rand der Sitzfläche von den Rädern abgeschliffen und abgewetzt war.

Ihre Stimmen waren so laut, daß Ayse jedes Wort verstehen konnte.

»Ach wirklich?« sagte Achim, ohne hinzusehen. »Kommst du von der Gestapo, oder was?«

»Ja genau«, sagte Scheitel, »und du wärst der erste, den ich abtransportieren würde. Du machst aus diesem Schulhof nämlich einen gottverdammten Schweinestall!« Er wies auf die Getränkedosen, die Jacken und Rucksäcke, die verstreut am Boden lagen.

Sascha stieg vom Skateboard und fing an, die Do-

16

sen einzusammeln. »Komm, hauen wir ab«, rief er
Achim zu.

»Klar, die verstehen eh keinen Spaß«, sagte Achim
verärgert.

Paul stemmte die Arme in die Hüfte. »Wie oft haben wir das jetzt schon erlebt?« fragte er so laut, daß
es jeder auf dem Hof hören konnte.

»Schon zigmal.«

»Die Sache ist doch die«, Paul drehte sich er-
klärend zu den anderen um, »wir sagen das jetzt
nicht zum erstenmal. Es kann doch nicht sein, daß
irgendwelche Idioten hier den Hof besetzen und die
Bänke kaputtmachen, demnächst schmieren sie ihre
Tags an die Wand. Jetzt ist Schluß mit der Schweinerei!«

Einige nickten.

»Wir schmieren überhaupt nichts an die Wand«,
sagte Achim, »außerdem lasse ich mir von euch das
Skaten nicht verbieten!«

»Laß sie doch. Skaten wir eben woanders«, sagte
Sascha beschwichtigend.

»Ich denke überhaupt nicht dran!« erwiderte
Achim gereizt.

Inzwischen waren noch mehr Schüler hinzuge-
kommen, die, dicht nebeneinander stehend, einen
Halbkreis bildeten.

»Da unten streiten sie mal wieder«, sagte Ayse, zu
Sezen gewandt.

»An so einem schönen Frühlingsmorgen hat man

17

auch nichts Besseres zu tun«, sagte Sezen, schnippte die Zigarette ins Klo, wo sie mit einem kurzen Zischen erlosch, und stellte sich neben Ayse ans Fenster.

In diesem Moment schritt Sigi quer über den Platz. Groß und schlank, in schwarzen Schnürstiefeln. Ayse erschrak immer, wenn sie ihn sah, und wenn sie ihm zufällig im Flur oder im Treppenhaus begegnete, wich sie sofort zur Seite.

»Booah, der Offizier«, sagte Sezen spöttisch.

Neben ihm ging ein Schüler, den Ayse noch nie gesehen hatten.

»Wer ist denn das«, fragte Sezen.

Der Neue war etwas kleiner als Sigi, blickte nervös um sich und strich sich mit der Hand unsicher das Haar zurück. Sigi eilte zielstrebig auf die streitende Gruppe zu. Paul und Scheitel begrüßten ihn kurz, indem sie die Hände aufeinanderschlugen. Die Arme verschränkt und den Kopf etwas zurückgeneigt, schien Sigi dem Neuen etwas zu erklären, der aufmerksam zuhörte. Ayse konnte das scharf geschnittene Profil des Neuen erkennen. Plötzlich blickte Paul wild um sich, stürzte sich unvermittelt auf Sascha und warf ihn zu Boden. Sascha stieß einen Fluch aus, als Paul sich rittlings auf ihn setzte und blitzschnell ein Schmetterlingsmesser aus seiner Tasche zog, dessen Klinge blitzend im Sonnenlicht aus dem Schaft schoß.

Sezen fuhr das Objektiv aus.

»Sie werden sich noch umbringen«, sagte Sezen, während sie auf den Auslöser drückte.

Ayse biß sich auf die Lippen, als sie sah, wie sich Zafir einen Weg durch die Menge bahnte und drohend vor Sigi aufbaute. »Warum mischt er sich immer ein«, fragte sie leise und zupfte ängstlich an ihrem Hemdkragen.

Inzwischen brüllten sich Sigi und Zafir an, während Sascha am Boden lag und zu schreien versuchte, denn Paul drückte ihm mit den Ellbogen die Arme zu Boden und hielt ihm mit einer Hand den Mund zu. Er fuchtelte mit dem Messer vor Saschas Gesicht herum.

»Schau lieber nicht hin«, sagte Sezen und schob Ayse etwas zur Seite. Sezens Kamera klickte unablässig.

In diesem Moment hallte der schrille Ton der Schulhausklingel über den Hof, aber niemand rührte sich. Das Sonnenlicht fiel durch die jungen Blätter und tanzte in Hunderten von Lichtpunkten über den Boden und auf den Gesichtern der Schüler, die näher zusammenrückten und auf Paul und Sascha starrten. Plötzlich versetzte der Neue, der etwas abseits gestanden hatte, Paul einen heftigen Tritt in die Seite, so daß er durch den unerwarteten Schlag vornüberkippte. Das Messer schlitterte über den Boden. Sascha rollte unter Paul weg und rappelte sich fluchend auf.

Paul blickte verdutzt um sich, fuhr auf und wollte

sich schon wutentbrannt auf den Neuen stürzen, als Sigi ihn hart an der Schulter packte.

Sezen klatschte triumphierend in die Hände. »Hat man je ein blöderes Gesicht als das von Paul gesehen!« sagte sie lachend, während sie den Film aus der Kamera zog und in die Tasche steckte.

Ayse stand noch immer wie erstarrt in die Ecke des Fensterrahmens gedrückt. Sezen klopfte ihr aufmunternd auf die Schulter. »Zafir lebt noch, oder?«

Auf dem Hof gingen die Schüler erleichtert und wieder laut schwatzend auseinander. Aus den Augenwinkeln sah Ayse, wie der Neue im Gebäude verschwand. Dann eilten die Schüler durch die Flure zu ihren Klassenzimmern, und unter den Kastanien wurde es still.

* * *

Kürzlich hat Sigi hinter mir auf den Boden gespuckt. Ich habe genau gehört, wie er auf dem Flur hinter mir näher kam und plötzlich spuckte. Dann kehrte er abrupt um und ging davon. Es ist nur eine Frage der Zeit, bis sie Zafir irgendwo auflauern und verprügeln. Bei dem Gedanken wird mir übel. Zafir würde nicht die Flucht ergreifen. Im Gegenteil, jeden Schlag würde er herausfordern, weil er rasend vor Wut um sich schlagen und sich wehren würde.

Ich träume davon, mit Zafir allein auf der Welt zu sein. So wie damals, als wir einen Sommer lang in die-

sem Tal lebten, in dem man spurlos verschwinden kann. Vater hatte das Haus für die Ferien gemietet. Das Haus stand oberhalb des Flußufers einsam auf einer Waldwiese, etwas abgelegen vom Dorf. Man konnte es nur durch einen schmalen Pfad erreichen, und manchmal gingen Zafir und ich absichtlich vom Weg ab und tauchten in den Wald ein wie in eine Höhle. Ich ging hinter Zafir. Er knickte die dornigen Äste oder schob sie zur Seite, damit ich ungehindert durch den Wald gehen konnte.

»Hier könnten wir für immer verschwinden«, sagte Zafir. Wir stellten uns vor, wie unsere Eltern die Polizei riefen, die in der Nacht mit Hunden und Scheinwerfern den Wald nach uns absuchen würde.

»Vielleicht wäre es ihnen auch egal«, sagte ich plötzlich, »vielleicht wären sie erleichtert, wenn wir nicht mehr zurückkämen, und sie wären glücklich, uns endlich los zu sein.«

Zafir hatte mich erschrocken angeblickt und sich auf die Lippen gebissen. Wir legten uns auf den Waldboden, den Kopf im kühlen Laub, über uns die dichten Baumkronen. Zwischen den Blättern schimmerte der Himmel wie zerschnitten in tausend Stücke, und manchmal brach die Sonne durch, strahlte auf uns nieder und wärmte unsere Gesichter. Wir hatten keine Angst, wir hielten uns an den Händen und schworen, hier liegenzubleiben, bis es dunkel würde. Als wir schließlich zurückkehrten, war es schon spät. Von weitem sahen wir, wie Vater mit einer Taschenlampe um das Haus herumging; er rief laut unsere Namen in die Dunkelheit. Mutter kam uns entgegen, die Haare zerwühlt und die Augen gerötet. Sie packte uns an den Schultern und schüttelte uns. Ich fühlte ihren vom Weinen heißen Atem auf meiner Haut.

»Das macht ihr nie wieder!« schrie Vater und schickte uns sofort ins Bett.

Aber ich lag lächelnd unter der Decke. »Wir dürfen nie wieder weggehen«, sagte Zafir, »Mama hat geweint.« Er hatte ein schlechtes Gewissen.

»Deshalb haben wir es doch getan«, sagte ich zufrieden. »Jetzt wissen wir für immer, daß sie uns lieben.«

In der Nähe des Hauses gab es eine Ruine. Zwischen den Steinen wuchsen Gras und wilde Blumen. Dort lebte eine schwarze Katze mit einem kleinen ägyptischen Kopf. Sie war mager, wie ausgehungert, und manchmal brachten Zafir und ich ihr zu essen. Eines Tages konnten wir beobachteten, wie sie eine Eidechse fing. Schwanz und Kopf der Eidechse hingen zuckend aus ihrem Maul. Dann legte sie sie wieder auf den Boden und sprang erneut, die Krallen ausgestreckt, fauchend auf sie zu, so lange, bis sich die Eidechse nicht mehr bewegte. Sie warf sie in die Luft und spielte noch mit ihr, als sie schon längst tot war.

Im Haus gab es nur zwei kleine Schlafzimmer und eine Küche mit einem Kamin. Es roch nach Stein und Rauch. Nachts lagen Zafir und ich lange wach und redeten, während draußen die Zikaden zirpten.

Eine kleine Petroleumlampe zog die Nachtfalter an, die gegen das heiße Glas flogen und daran verbrannten. Am Morgen sammelten wir sie ein. Hinter dem Haus gruben wir für die Falter ein winziges Grab. Wir nannten es das Lichtergrab.

»Später werden wir heiraten und in einem solchen Haus leben«, sagte Zafir. Am Fluß spielten wir Hochzeit. Mein Schleier war ein weißes Bettlaken, das ich über den Kopf gezogen hatte. Hand in Hand standen wir auf einem Stein und blickten in das Wasser vor uns.

»Wir werden immer zusammenbleiben«, sagte Zafir, »so lange wir leben.«

Nie wieder wollten wir zurück in die Stadt, und am Ende der Sommerferien wurden wir krank. Zafir und ich lagen mit demselben Virus im Bett. Mutter pflegte uns, aber sie war ausgeschlossen von unserem Fieber und Schüttelfrost, als hätten wir nicht zwei verschiedene, sondern einen einzigen Körper. Wenn Zafir sich übergeben mußte, hielt ich seinen Kopf, in der Hand seine schwarzen Locken, und redete ihm zu. Aber kaum war er fertig, mußte ich mich über das Becken beugen. Wir teilten jede Zuckung und jeden Fieberschub.

»Vielleicht müssen wir sterben«, sagte er.

»Dann sterben wir zusammen«, sagte ich tröstend. Er nickte erleichtert, und ich nahm seine vom Fieber erschöpfte Hand in die meine.

Ich kann mich nicht erinnern, wann Zafir angefan-

gen hat, mich zu beschützen und jeden meiner Schritte zu verfolgen. Aber es ist, als wären wir seither verschieden und wie eine Schale auseinandergebrochen in zwei Hälften, die sich nicht mehr zusammenfügen lassen.

Ayse legte den Stift ab, schlug das blaue Buch zu und versteckte es hastig in der Schublade ihres Schreibtischs, als es an der Tür klopfte. Es war das kurze ungeduldige Klopfen von Zafir, und bevor sie ihn hereinbitten konnte, hatte er die Tür schon geöffnet und stand im Zimmer.

»Was machst du?« fragte er neugierig. Im Schrankspiegel konnte sie sehen, daß er sich aufs Bett setzte.

»Arbeiten«, sagte Ayse und öffnete schnell eines der Schulhefte, die auf dem Tisch lagen.

»Willst du morgen wirklich hingehen?«

Ayse beugte sich, ohne zu antworten, über das Heft.

»Ich habe noch mal darüber nachgedacht«, sagte Zafir. »Es ist besser, wenn du zu Hause bleibst. Wer weiß, wer da morgen alles herumhängt.«

»Alles Freunde von Sezen«, antwortete Ayse.

»Eben.«

Ayse drehte sich um und schaute ihn entrüstet an.

»Ich werde zu Sezens achtzehntem Geburtstag gehen, ob es dir paßt oder nicht!« sagte sie laut.

Es war das erstemal, daß die Eltern Ayse erlaubt hatten, abends auszugehen, aber das, zu Sezens Empörung, nur in Zafirs Begleitung, der sie pünktlich um elf nach Hause bringen sollte.

Zafir senkte den Kopf, als hätte man ihn am Genick gepackt.

»Na gut«, sagte Zafir, »aber ich schwöre dir, Punkt elf gehen wir.«

Ayse ging schweigend zum Bett und strich den Überzug glatt.

»Steh schon auf«, sagte sie. »Es gibt ein Sofa und zwei Sessel in diesem Zimmer, und du hockst immer auf meinem Bett herum!«

Aber Zafir blieb sitzen, ohne sich zu rühren, als hätte er sie gar nicht gehört. Manchmal legte er sich sogar ins Bett hinein, nur um sie zu ärgern, und Ayse mußte dann die Decke wegziehen und mit aller Kraft seinen muskulösen Körper aus dem Bett rollen.

»Raus aus meinem Bett, du Scheusal«, rief sie jetzt, halb lachend, halb im Ärger. Zafir spielte den »toten Mann«, wie sie es als Kinder immer getan hatten. »Mach den toten Mann«, hatte Ayse zu ihm gesagt und dann aufgeschrien vor Schreck, wenn Zafir sich nicht mehr rührte. Jetzt endete das Spiel damit, daß sie auf dem Bett herumbalgten, bis Zafir die Oberhand gewann und Ayse kitzelte. Zafir saß rittlings auf ihr und bohrte ihr die Finger in die Seite, so daß Ayse kreischte und sich wand

25

unter seinem Gewicht, während er lachend rief: »Nein, du schmeißt mich nicht aus deinem Bett, Kleine.«

✳ ✳ ✳

Wie immer kam Sezen viel zu früh. Ayse hatte gerade die nassen Haare in das Badetuch gewickelt, das sich wie ein Turban auf ihrem Kopf türmte, als Sezen ins Zimmer stürmte.

Sie küßte Ayse zur Begrüßung schnell auf die Wange, warf ihre blaue Sporttasche auf den Boden und legte sich stöhnend aufs Sofa, als wäre sie völlig erschöpft. Den Ellbogen angewinkelt, stütze sie den Kopf auf der Hand ab. Ayse bemerkte gleich diesen unwirschen Blick, den Sezen hatte, wenn ihr etwas nicht paßte.

Ayse rubbelte ihr Haar. »Was ist los?« fragte sie vorsichtig unter dem Badetuch hervor.

Sezen griff mit der Hand in die Schale mit Süßigkeiten, die neben dem Sofa auf dem Tisch stand. Sorgfältig wickelte sie ein Bonbon aus und betrachtete es von allen Seiten, bevor sie es mit spitzen Fingern in den Mund steckte.

»Wenn ich du wäre, würde ich echt von hier abhauen«, sagte sie kauend, lehnte sich zurück und fuhr sich mit der Hand durch das kurze Haar.

»Daß Zafir morgen mitkommt«, fuhr sie fort, »nur weil er auf dich aufpassen muß, ist der Hammer. Bei dir geht es zu wie in einem anatolischen Bergdorf.«

»Er ist eben eifersüchtig, und meine Eltern wollen auch, daß er mich begleitet«, sagte Ayse entschuldigend und warf das Badetuch über den Stuhl.

»Hast du ihm inzwischen wenigstens beigebracht, daß er nach dem Klopfen warten soll, bis du ›herein‹ rufst?« Sezen blickte zur Tür, als fürchtete sie, daß Zafir jeden Augenblick hereinkäme, und fügte nach einer Pause hinzu: »Übrigens ist er mir auf der Treppe begegnet. Sein Killer-Blick hat mich die Stufen fast wieder runterstürzen lassen. Ein Exemplar von Mann, bei dem es mir schlecht …«

»Sezen!« rief Ayse dazwischen, die Arme in die Hüften gestützt. »Hör auf damit!«

»Das will ich ja«, sagte Sezen schnippisch und machte ein Gesicht, als ob sie beleidigt wäre, »aber ich schwöre dir, jedesmal, wenn ich dieses Haus betrete, ist der erste Mensch, der mir entgegenkommt … dein Bruder! Als ob er nur darauf warten würde, mich mit seinem Anblick zu quälen.«

»Zafir wartet bestimmt nicht auf dich«, versetzte Ayse, öffnete Sezens Sporttasche und zog die Kleider heraus. Manchmal kam Sezen, um Ayse heimlich in solchen Sachen zu fotografieren, die ihr von der Mutter verboten worden waren. Sie achtete streng darauf, wie Ayse das Haus verließ. Mehr als einmal hatte sie Ayse in ihr Zimmer zurückgeschickt, wo sie sich wieder umziehen mußte. »Das

27

paßt nicht zusammen«, sagte sie bestimmt, oder sie zupfte an ihrem Rocksaum herum und entschied: »Das schickt sich nicht für dich.« Ayse kam sich dann vor wie bei der Flughafenkontrolle, wo man mit dem Detektor durchsucht wurde, nachdem man die Sicherheitsschleuse passiert hatte.

Die Shootings mit Sezen waren eines ihrer Geheimnisse, die sie streng hütete. So, wie sie ihr blaues Buch im Schreibtisch einschloß, hatte sie auch eine Schuhschachtel mit den verbotenen Bildern im Schrank versteckt. Wenn sie sich umzog, war es, als verwandelte sie sich in eine andere, eine, die außer Sezen niemand kannte. Auch das Zimmer veränderte sich, der Raum wurde zu einer Kulisse, die Möbel Requisiten, zwischen denen sie sich wie auf einer Bühne bewegte.

Ayse schritt im Zimmer auf und ab, während Sezen »Dreh dich noch mal« oder »Komm näher!« rief. »Ja, genau so«, sagte Sezen begeistert, wenn Ayse die Hüften herausstellte und sich auf dem Absatz drehte.

Ayse spielte Stolz und Zorn, sie hielt den Kopf hoch und leicht zur Seite geneigt, blickte ernst an Sezen vorbei, und manchmal hatte sie ein winziges Lächeln im Mundwinkel. Sie trug ein transparentes Kleid, verschleierte sich mit einem seidenen Tuch, so daß man nur noch ihre Augen sehen konnte. Dann warf sie das Tuch in eine Ecke, legte lachend den Kopf zurück und schüttelte die Haare, die schwarz über ihre Schultern und den Rücken flossen.

Es war ein Spiel, Sezen blitzte wie durch Eisschichten, die allmählich dünner wurden. Sie kam immer näher, verfolgte Ayse, die mit immer sichereren Schritten den Raum beherrschte, ihn ausfüllte, ohne Sezen und die Kamera zu beachten, so, als wäre sie mit sich allein. Ayse raffte mit den Händen den Stoff ihres Kleides und zog es plötzlich aus. Nackt stieg sie ins Bett und wickelte sich in das Laken wie eine Raupe, und Sezen fotografierte ihren Kopf, der wie abgeschnitten aus dem Laken herausschaute. Sie fotografierte die Faltenwürfe, einen Arm, der vom Bett hing, die kleinen Füße, die unter der Decke hervorkamen.

Sezen hatte einen Ventilator mitgebracht und bat Ayse, sich auf den Boden zu knien. Die kalte Luft wehte ihr so stark ins Gesicht, daß es ihr das Wasser aus den Augenwinkeln trieb. Ihr Haar flog auf. Es war, als ob sie fallen und in die Tiefe stürzen würde. Die Lider nur noch halb geöffnet, verharrte sie reglos, wie ein Tier, das den Angriff ahnt und sich totstellt. Sie blickte in das Objektiv, in das große schwarze Auge, als würde sie langsam darin versinken, bis nichts mehr von ihr zurückblieb.

Sie sprachen nicht. Sezen schlich jetzt schweigend um Ayse herum wie um eine Skulptur, die man mit einem falschen Wort zum Einstürzen bringen könnte. Nur noch das Knipsen war zu hören, das

29

Surren, wenn der Film zurückspulte, und das hastige Aufreißen der Packung, wenn sie eine neue Kassette einlegte.

Es war wie ein Aufwachen, als Sezen schließlich die Kamera sinken ließ. Sie erhob sich torkelnd.

»Es werden die besten Bilder, die ich je gemacht habe«, sagte Sezen zufrieden, während Ayse sich wieder anzog. Sie starrte auf die Kamera in Sezens Händen, als hätte sie ihr etwas gestohlen, was für immer in diesem Kasten verschlossen bleiben würde.

* * *

Sezen wohnte im siebzehnten Stock eines Hochhauses an einer stark befahrenen Straße mitten in der Stadt. Ihre Eltern waren für diesen Abend ausgegangen, damit Sezen ungestört feiern konnte.

Als Ayse und Zafir in die Wohnung traten, schlug ihnen Rauch, Gelächter und Hitze entgegen. Die Party war schon im Gange, sie hatten sich verspätet, weil Zafir an diesem Abend länger als sonst im Badezimmer zugebracht hatte, absichtlich, wie Ayse glaubte, und sie hatte ungeduldig an die Tür geklopft, während Zafir singend und pfeifend in der Badewanne lag.

»Wir kommen zu spät!« hatte sie gerufen, aber Zafir hatte sich nicht aus der Ruhe bringen lassen und war dann auch mit dem Auto langsam und gemächlich die Straße entlanggerollt.

»Kein Grund zur Eile«, sagte er, aber Ayse war es jetzt unangenehm, als verspäteter Gast in die Party hineinzuplatzen und dadurch aufzufallen. Ayse fühlte die Blicke, die von den Riemchenschuhen mit hohen Absätzen, die ihre Fesseln noch graziler wirken ließen, zu ihrer schmalen Taille hochkletterten, zu den spitzen Schultern, um dann bewundernd in ihren katzenhaften, leicht nach oben geschwungenen Augen hängenzubleiben.

»Ah, die Prinzessin und ihr Chauffeur«, rief Sezen, klatschte in die Hände, kam durch den Flur auf sie zu und führte sie durch die Wohnung. Die Gäste drängten sich in den engen Räumen. Einige hatten sich in der Küche niedergelassen. Schweigend, mit fest geschlossenen Augen, hielten sie die Handflächen auf dem Tisch.

»Seid doch mal still«, sagte einer, »wir empfangen hier Nachrichten aus dem Jenseits!«

Im Schlafzimmer von Sezens Eltern lagen zwei Pärchen rauchend auf dem Bett herum, während ein Mädchen vor dem Kleiderschrank, unter dem vergnügten Gelächter der anderen, die Kleider von Sezens Mutter anzog.

Zafir schüttelte verständnislos den Kopf. »Ist das ein Irrenhaus?« flüsterte er aufgebracht Ayse zu.

»Ach, laß mich doch in Ruhe«, zischte sie leise zurück und wandte sich ab.

31

Zwei Freundinnen von Sezen saßen in der trockenen Badewanne und spielten, einen Schreibblock auf den Knien, Schiffe versenken. Beim Vorbeigehen deutete Sezen auf den kleinen Gabentisch am Ende des Flurs. »Die meisten haben statt Geschenke einfach nur ihre Freunde mitgebracht«, sagte sie enttäuscht, »und einer Blumen, die er auf dem Hinweg aus irgendeinem Vorgarten gerupft hat.«

Ayse schenkte ihr das Bild eines tanzenden Derwischs, das Sezen sofort in ihrem Zimmer über den Schreibtisch hängte.

Immer mehr junge Leute drängten sich in die Wohnung, Schranktüren und Schubladen wurden neugierig geöffnet. Im Wohnzimmer klaute jemand den silbernen Rahmen des Hochzeitsfotos, das auf einem Regal stand. Nur durch die offene Balkontür kam etwas frische Luft, und jeder wollte einmal hinaus, um über die Stadt zu blicken. Sezen bot ihnen Raki in Kristallgläsern an, die Sezens Mutter nur zu besonderen Anlässen hervorholte. Die Stereoanlage war auf volle Lautstärke gedreht. Ein Mädchen stieg auf den Tisch und fing wild an zu tanzen, während die anderen ihr zujubelten und sie von allen Seiten mit Luftschlangen bewarfen. Sie sollte im nächsten Monat nach Istanbul gehen, um zu heiraten. Sie drehte sich auf Zehenspitzen, die Arme in die Höhe gestreckt, als wolle sie durch den Plafond springen.

Auf der Matratze saßen Sascha und Achim und zündeten sich gerade die Wasserpfeife an, die Sezen in den letzten Ferien aus Istanbul mitgebracht hatte. Als Ayse sich verwirrt umblickte, bemerkte sie in einer Ecke den Jungen, der ihr gestern auf dem Schulhof aufgefallen war.

Er stand etwas verloren herum. Neben ihr musterten ihn zwei neugierig. Ayse hörte, wie der eine spöttisch sagte: »Was ist das denn für ein Typ.«

Auch er mußte das gehört haben, denn jetzt trank er in einem Zug sein Glas leer und wandte sich der Tür zu.

»He, Christian«, rief Sascha ihm hinterher, als er gerade das Zimmer verlassen wollte. »Setz dich zu uns!«

Er blieb zögernd stehen. »Meinetwegen, aber ich muß dann gleich weg.«

Sie rückten zur Seite, um ihm auf der Matratze Platz zu machen. Christian nahm das Mundstück zwischen die Lippen und sog den Dampf ein. Entspannt sank er zurück, eine warme Wolke im Mund.

Ayse konnte die Luftblasen im Wasser aufsteigen sehen. Christian blickte auf, und in dem Moment, als sich ihre Blicke kreuzten, verschluckte er sich und bekam einen Hustenanfall. Sascha und Achim klopften ihm von beiden Seiten auf die Schultern.

»Er ist ja ganz bleich. Etwas frische Luft wird ihm guttun«, sagte Sezen besorgt und half Christian aufzustehen. »Komm doch mit«, sagte Sezen zu Ayse, denn Zafir war gerade abgelenkt, er redete mit einem Mädchen, das dauernd den Kopf zurückwarf und kicherte. Zu dritt gingen sie auf den Balkon.

Sie standen an der Brüstung wie auf einem Schiffsbug, an dem sich die Nacht brach, unter ihnen ein Meer aus Licht.

»Das Beste an dieser Wohnung ist die Aussicht«, sagte Sezen.

Der Straßenlärm drang gedämpft zu ihnen empor; sie konnten in die erleuchteten Fenster im Hochhaus gegenüber sehen, und die weißen und roten Lichter des Fernsehturms blinkten hoch über der Stadt unablässig in die Dunkelheit.

An der Brüstung hing eine Blumenkiste, in der winzig grüne Triebe aus der trockenen Erde ragten.

»Das wird nichts«, sagte Christian und deutete auf die Blumenkiste. »Es ist zu kalt hier oben.«

»Und zu windig«, fügte Ayse hinzu.

»Wir werden ja sehen«, sagte Sezen. Weil jemand laut nach ihr rief, ging sie ins Zimmer zurück.

Ayse machte mit dem Oberkörper eine halbe Drehung, als ob sie Sezen folgen wollte, blieb aber stehen.

Christian räusperte sich. Verlegen streckte er ihr eine Schachtel Zigaretten hin.

»Ich mag nicht rauchen.« Ayse winkte ab.

In der kleinen Flamme des zischenden Streichholzes hellte kurz Christians Profil auf, die hohen,

34

scharf geschnittenen Wangenknochen, der schmale Nasenrücken und die vollen, sich im Mundwinkel wie störrisch nach oben ziehenden Lippen. Im Wohnzimmer ließ jemand ein Glas fallen, das laut klirrend zerbrach.

»Das Kristall! Meine Eltern bringen mich um«, schrie Sezen auf. Gelächter. Jemand trat auf die Scherben, Glassplitter knirschten unter den Schuhen.

»Sie hat zu viele Leute eingeladen«, sagte Christian. »Die zerstören noch die ganze Wohnung.«

»Ja, sie bereut es sicher schon«, antwortete Ayse.

Christian lehnte sich gegen die Brüstung.

Ayse drückte sich mit dem Rücken an die Wand. Sie hätte ihn gerne auf ihre Seite gezogen. Ihr schwindelte, wenn sie sah, wie er an der Brüstung lehnte, hinter ihm die Tiefe von siebzehn Stockwerken. Sie waren nur einen halben Meter voneinander entfernt, aber es kam ihr vor, als stünde er auf der anderen Seite im Nichts. Ihr Herz klopfte.

»Komm lieber weg da«, sagte sie. »Ich habe jemanden gekannt, der aus dieser Höhe gestürzt ist.«

»Keine Angst. Das hält!« sagte er und rüttelte an dem Geländer. »Stell dir vor, dieser Balkon wäre eine Abflugrampe.«

»Wohin würdest du denn fliegen?« fragte Ayse.

Christian stieß den Rauch in die Luft.

»Zuerst würde ich dahin fliegen, wo ich aufgewachsen bin«, antwortete er schließlich, »aber nur kurz, und dann würde ich die Erde verlassen und mir die anderen Planeten anschauen.«

»Ich würde sofort die Erde verlassen und zu den anderen Planeten fliegen«, sagte Ayse, »warum erst nach Hause?«

»Dort hinten hatten wir ein Haus«, sagte Christian nach einer Weile, wandte sich um und wies mit dem ausgestreckten Arm zum Horizont, »aber wir mußten leider ausziehen. In eine Wohnung, die so klein ist wie diese hier.« Christian schnippte den Zigarettenstummel wie ein Geschoß in die Luft. »Jedenfalls würde ich, bevor ich die Erde verlasse, nachsehen, ob das Haus noch steht.«

Sascha streckte den Kopf zur Balkontür heraus. »He, wir ziehen weiter«, sagte er, »zu einer Party am alten Straßenbahnhof. Kommt ihr mit?«

Ayse blickte auf die Uhr. Es war halb elf.

»Mußt du schon gehen?« fragte Christian.

»Ich würde gerne mitkommen«, antwortete sie zögernd, »aber es geht nicht …«

In diesem Moment trat Zafir auf den Balkon, blickte sich um, und ohne etwas zu sagen, packte er Ayse am Oberarm und zog sie ins Zimmer hinein.

»Komm«, zischte er, »wir gehen!« Rasch schob er sie an den Gästen vorbei, die ihnen verwundert nachblickten, und noch bevor sich Ayse von irgend jemandem verabschieden konnte, stand sie im Fahrstuhl und sauste die siebzehn Stockwerke hinunter. Ayse bohrte die Fingernägel in die Handballen.

»Kannst du dich nicht wenigstens normal verabschieden!« sagte sie wütend. Es war ihr peinlich,
daß Zafir sie einfach mitgeschleppt hatte wie eine
Gefangene.

Zafir antwortete nicht. Aber an seinem hervorste-
henden Kiefer sah sie, daß er sich vor Wut auf die
Zähne biß. Ohne sich anzublicken, eilten sie zum
Parkplatz. Jeder knallte auf seiner Seite die Autotür
zu, und Zafir raste davon.

Ayse starrte aus dem Fenster. Ihr gemeinsames
Schweigen füllte den Raum aus, bis es laut wurde.

»Du weißt wohl nicht, mit wem du dich auf dem
Balkon unterhalten hast. Das ist einer, der mit Sigi
verkehrt. Ein Feind. Ich verstehe überhaupt nicht,
wie Sezen ihn einladen konnte!«

»Christian ist neu an der Schule; er kennt nieman-
den«, sagte Ayse.

Bevor die Ampel auf Rot wechselte, überquerte
Zafir im letzten Moment in rasendem Tempo eine
Kreuzung. Der Wagen hinter ihnen hupte.

»Er kennt Sigi, das reicht mir, um zu wissen, wohin er gehört!« schrie Zafir sie an.

* * *

Es ist völlig still im Zimmer. Von draußen leuchten
Konzertscheinwerfer zum Fenster herein. Lichtsäulen,
die sich kreuzen und am Horizont die Nacht zer-
schneiden. Irgendwo dahinten sind sie jetzt, während

ich in meinem Zimmer sitze wie in einem Käfig. Wie sehr habe ich mir gewünscht, mit ihnen aufbrechen zu können. Es ist, als läge ein Leichentuch über diesem Haus. Ich mochte es von Anfang an nicht. Obwohl es viel größer ist als die Wohnung früher und obwohl Vater das Haus begeistert »ein Schmuckstück« genannt hat. Der kleine Pavillon im Garten ist frisch gestrichen, in ein paar Tagen werde ich den Magnolienbaum blühen sehen, der wie ein Wächter danebensteht, und bald wird Mutter den Liegestuhl hinausnehmen und zufrieden in den Himmel blicken, als gehöre er mit zum Haus.

Ich weiß noch, wie Vater uns zum erstenmal durch das Haus geführt hat. Die Räume waren noch nicht renoviert, und wir hatten gelacht über die abgewetzten Teppichböden, die häßlichen Blumentapeten und den heruntergekommenen Pavillon, den die vorigen Bewohner als Geräteschuppen benutzt hatten.

»Das werden wir alles herrichten«, hatte Vater erklärt. Die beiden Familien, die sich das Haus hatten teilen müssen – »Kommunisten eben«, hatte Vater abschätzig gesagt –, hätten wohl immer weiter so gehaust, wenn die alten Eigentümer nicht ihren Besitz nach dem Mauerfall zurückbekommen und das Haus verkauft hätten.

Sie wissen nicht, wie schön es geworden ist. Und wie stolz Vater den Arm um Mutters Schulter gelegt hat, als er sie am ersten Abend nach unserem Einzug durch den Garten führte.

Aber ich wünschte, wir wären nie hierhergekommen. Selbst die Laternen leuchten hier nur schwach, denn es ist die friedlichste Gegend der Stadt, und könnte ich jetzt draußen herumgehen, würde ich keinem einzigen Menschen begegnen.

Ich stelle mir vor, wie Christian mit den anderen zu dem stillgelegten Depot fährt. Es steht auf einem verlassenen Industriegelände, Gras wächst zwischen leerstehenden Lagerhallen. Wenn ich dabei wäre, würde ich mit Christian über die rostigen Schienen springen, die ins Dunkel führen. Schon von weitem könnte man die schnellen dumpfen Bässe durch das Gemäuer dringen hören. Die zugige Halle aus Glas und Eisen wirkt wie ein urzeitliches Tier, von dem nur noch das Gerippe übrig ist. Die Scheiben der Glaskuppel sind gesprungen, Papierfetzen und Plastiktüten flattern in dem Eisengerüst im Wind.

Hinter Christian betrete ich die Halle. Es ist dunkel. In der Ferne erscheinen die Umrisse einer großen Bühne. Stroboskope, die von den Deckenbalken hängen und sich um sich selber drehen, schießen Lichtblitze durch den Raum, aus dem für Bruchteile von Sekunden Gesichter auftauchen. An der Seite ist eine Bar ganz aus Eis errichtet. Kühlaggregate brummen. Auf der zehn Meter langen Theke türmen sich auf Eis gebettete Langustenschwänze und Austern zwischen riesigen Champagnerkübeln und Liliensträußen. Die Musik ist so laut, daß wir unsere

Bestellung schreien müssen. Ich lege die Hand auf das Eis. Es dampft und tropft. Bis zum Morgen wird die Bar geschmolzen sein. Hinter der Theke bricht eine Frau mit einem Skalpell Eisstücke ab. Christian und ich schieben uns gegenseitig Langustenfleisch in den Mund und sehen einem wunderschönen Mädchen nach, das in einem Spiegelkleid an uns vorübergeht. Die winzigen Spiegelscheiben klirren bei jedem Schritt, reflektieren das Licht wie ein wandelndes Kaleidoskop.

An der gegenüberliegenden Wand sind Bildschirme angebracht, auf denen Flugzeuge im Rhythmus der Musik zur Seite kippen und hinunterstürzen, um gleich darauf wieder steil in die Höhe zu schießen.

»Ich komme sofort wieder. Bleib hier«, sage ich zu Christian und verschwinde in der Menge, denn ich habe eine Verabredung mit Sezen.

Um die Bar haben sich schon Wasserlachen am Boden gebildet. Plötzlich geht ein Jubelschrei durch die Menge.

Alles drängt zur Bühne, einer Lichtinsel in der dunklen Halle.

Sezen und ich treten Hand in Hand auf die Bühne, Sezen in einem langen weißen, mit silbernen Pailletten bestickten Kleid, auf dem Rücken große Engelsflügel. Aus dem hochgesteckten Haar baumeln zwei lange Locken um ihr zartes blasses Gesicht. Ich trage einen schwarzen, metallisch glänzenden, hautengen Hosenanzug. Die Haare streng nach hinten gekämmt und zu einem langen Zopf geflochten. Aus dem Kopf wachsen mir zwei rote Hörner.

Christian steht ganz vorne und starrt uns an, wie wir, als Teufel und Engel verkleidet, an ihm vorüber-schreiten. Plötzlich packt Christian meine Fessel. Ich versuche seine Hand abzuschütteln, doch er packt mich nur noch fester, und ich falle mit ausgestreckten Armen rückwärts von der Bühne auf ihn hinunter. Ich fühle den leeren Raum im Rücken und wie der Kopf nach hinten ins Genick fällt. Weit über mir sehe ich den Mond, der durch die zerbrochene Glaskuppel scheint. Ich warte auf Christians Arme, die mich end-lich auffangen sollen; aber da ist nichts, das mich auf-fangen kann. Christian ist nicht mehr da. Es ist über-haupt niemand mehr da, und plötzlich ist es völlig still um mich herum geworden, und wie in einem Vakuum falle ich weiter, rückwärts ins Leere.

✳ ✳ ✳

Am Sonnabendmorgen verließen Ata und Ayse schon früh das Haus. Ein frischer Frühlingswind wehte ihnen ins Gesicht, als sie hinaustraten; über ihnen glänzte der blaue Himmel wie poliert.

Der Friedhof lag weit außerhalb der Stadt auf einer Anhöhe neben einem Wald. Schweigend gin-gen sie zwischen den Birken des Hauptweges, die leise raschelnd ein Spalier bildeten. Sie liefen an dem kleinen Feld mit den Kindergräbern vorbei. Dort war gerade ein frisches Grab ausgehoben worden. Kränze und riesige Blumensträuße welkten in den Morgen, farbige Windrädchen drehten sich.

Ayse las im Vorbeigehen die Todesjahre. »Acht Jahre«, sagte sie, »drei, sechzehn.« Manchmal lag verrostetes Spielzeug auf dem Grab, ein gerahmtes Foto des Kindes, Zeichnungen, mit Steinen beschwert. Plötzlich blieb Ayse stehen. Ihr war eingefallen, daß sie nie das Grab des Mädchens besucht hatte, das vom Schuldach gesprungen war.

»Komm«, sagte Ata und nahm Ayse an der Hand wie ein Kind. Das Grab ihres Ehemannes lag in der siebten Reihe. Im Sommer brannte dort die Sonne auf die Gräber und erhitzte die Steine.

Ayse mußte immer wieder daran denken, daß sie auf einem Friedhof in der Nähe ihres Hauses Grabsteine gesehen hatte, auf denen unter dem Namen des verstorbenen Ehemannes die Frau den ihren bereits hatte eingravieren lassen. Neben dem Geburtsjahr ein Bindestrich. Sie konnte nicht verstehen, daß man den Namen eines Menschen, der noch lebte, schon auf einem Grabstein lesen konnte, und noch weniger, daß man vor einem Grab stehen und den eigenen Namen darauf ertragen konnte.

Ayse hatte Erkan nicht gekannt, aber durch Fotos und Atas Erzählungen war er ihr vertraut, als wäre er ihr Großvater gewesen. Sie versuchte sich vorzustellen, wie er in der Imbißbude gearbeitet, dort Börek und Eyran verkauft hatte, als eines Tages,

42

kurz vor Feierabend, eine Gruppe betrunkener junger Männer gekommen war, wie Augenzeugen später aussagten, die ihn so zurichteten, daß er nicht mehr weglaufen konnte.

Dann hatten sie die Imbißbude mit Benzin übergossen und angezündet. Erkan verbrannte bei lebendigem Leib.

Ayse sah ihn vor sich wie eine Fackel brennen und die jungen Männer davonrennen. Sie wurden nie gefaßt. In Gedanken verfluchte Ayse sie, während Ata neben ihr ein Gebet murmelte.

»Daß ich noch am Leben bin, habe ich deinem Vater zu verdanken«, sagte Ata immer wieder. Erkan und sie hatten in einer der Wohnungen gelebt, die Ahmet vermietet hatte. Als er hörte, was vorgefallen war, hatte er Ata angeboten, bei ihm als Kindermädchen zu arbeiten. Damals war Ayse drei Jahre alt gewesen, und Ata hatte sich seither um Ayse und Zafir gesorgt, als wären es ihre eignen Kinder.

Ata weinte nicht, wenn sie den Friedhof verließen. »Erkan weiß, daß wir gekommen sind«, erklärte sie bestimmt.

✳ ✳ ✳

Auch am Sonntag gingen sich Zafir und Ayse noch aus dem Weg. Aus Zafirs Zimmer drangen laute Musik und Fernsehstimmen. Soll er wütend sein, dachte sie und beschloß, sich auf keinen Fall zu entschuldigen.

43

Vergeblich versuchte sie, Sezen zu erreichen. Jedesmal teilte ihr eine nasale Frauenstimme mit, daß der Teilnehmer nicht gestört zu werden wünsche. Ayse hätte zu gern erfahren, wie der Abend verlaufen war und was Sezen über Christian zu erzählen hatte.

Unschlüssig ging sie hinunter ins Wohnzimmer. Durch die gläserne Schiebetür, die in den Garten führte, fiel das Sonnenlicht in schmalen Streifen ins Zimmer und hob die feine Struktur des Wandteppichs über dem Kamin hervor. Ayse starrte in die rätselhaft grausamen Augen der beiden Leoparden, die ineinander verbissen waren, verschmolzen im Kampf. Man konnte die Zähne erkennen, wie sie sich in den Rücken des anderen bohrten, das klaffende, blutende Fleisch darunter. Der Teppich war so fein geknüpft, daß sich die Leoparden zu bewegen schienen. Die Farben leuchteten umso stärker aus dem Teppich, je länger Ayse hineinblickte, um die Raubkatzen tauchten Bäume auf, Schwertlilien und in einem Wolkenband winzige Vögel. Am Rand zog sich eine Endlosschlaufe ineinander verschlungener Akanthusblätter entlang, die wiederum von einer Borte aus Schwertlilien und Lanzettblättern umschlossen war. Symmetrisch in der Mitte des Teppichs die Leoparden.

Als Kind hatte sich Ayse vor diesem Wandteppich gefürchtet. Sie träumte von den Wunden auf den

44

Rücken der Leoparden, blutenden Quellen des Schmerzes, die nie versiegten.

»Hört es nie auf, dieses Kämpfen?« hatte sie den Vater einmal verzweifelt gefragt, als sie am Morgen nach einem Alptraum vor den Teppich rannte, um nachzusehen, ob die Leoparden immer noch miteinander kämpften.

»Nein, es hört nie auf«, antwortete Ahmet und hatte sie in die Arme genommen, weil sie anfing zu weinen, und hinzugefügt, »aber es ist nur ein Bild«, und während er ihren Kopf streichelte, wiederholte er: »... nur ein Bild.«

Doch das hatte Ayse nicht beruhigen können. An diesem Morgen nicht und auch nicht später, so daß Vater den Teppich schließlich in seinem Büro aufgehängt hatte und Ayse ihn endlich vergessen konnte.

Jetzt hing der kostbare Wandteppich in dem neuen Haus über dem Kamin, wo er mehr denn je zur Geltung kam.

»Ah, das Meisterstück!« hatte Ata begeistert ausgerufen, als Zafir und Ahmet ihn an der Wand befestigen wollten und alle hereinkommen mußten, um zu beraten, wo der Teppich am eindrucksvollsten wirken würde.

Niemand konnte die Einzigartigkeit des Teppichs so gut beurteilen wie Ata, denn sie hatte den Kindern oft davon erzählt, wie sie als Mädchen in einer Weberei gearbeitet hatte. Hier, vor den verschlungenen Leoparden, versuchte sich Ayse nun all die kleinen Hände vorzustellen, die die Knoten geknüpft hatten. »Wir mußten zehntausend Knoten pro Tag knüpfen«, hatte Ata erklärt. Der »Meister« war in jenem engen, schlecht gelüfteten Raum, in dem zwanzig Mädchen vor einem aus Holzbalken gezimmerten Webrahmen saßen, auf und ab gegangen und hatte mit lauter Stimme die Anzahl der Knoten und die Farbe diktiert. Denn nur er, der »Meister«, hatte das Muster vollständig im Gedächtnis und wußte, wie der Teppich am Ende aussehen würde. Die Knüpferinnen mußten blitzschnell seinen Anweisungen folgen, um den Faden nicht zu verlieren.

Ayse drehte dem Teppich den Rücken zu, sie mochte ihn noch immer nicht, schob die gläserne Tür zur Seite und trat in den Garten.

Sie zog die Schuhe aus und ging barfuß auf der kalten Erde. Aber die Sonne schien warm auf sie hinunter, und Ayse steckte das Haar auf, damit die Sonne ihren Nacken wärmte. Der Pavillon roch nach frischer Farbe, und die Rattanmöbel waren noch mit Plastik zugedeckt. Ayse zwickte eine Blütenknospe vom Magnolienbaum. Die Knospe fühlte sich in ihrer Hand hart und weich zugleich an, die Blätter waren an der Spitze zu einem dunklen Rosa verfärbt. Ayse betrachtete die Knospe von allen Seiten. Unvermittelt biß sie hinein. Es schmeckte so bitter, daß sie sie sofort wieder mit ekelverzerrtem Gesicht ausspuckte. Dann strich sie

46

gedankenverloren an der Mauer entlang, die den Garten von der Straße trennte. Sie hüpfte hoch und versuchte die Mauer hinaufzuklettern, um auf die andere Seite zu sehen, aber ihre Hände rutschten jedesmal ab. Schließlich setzte sie sich unter der Silberweide auf die alte Steinbank. Unter der Weide fühlte sie sich wie in einer Höhle, einem Beobachtungsposten, von dem aus sie die Fassade des Hauses überblicken konnte, ohne selber bemerkt zu werden. Ein Fensterflügel von Zafirs Zimmer war geöffnet. Sie hätte zu gern gewußt, was er da drin machte.

Versteck dich nur, dachte sie, als sie plötzlich seine Gestalt am Fenster sah, einen Schatten, der schnell vorüberhuschte.

✳ ✳ ✳

»Was träumst du den ganzen Tag herum?« fragte Ata, als Ayse abends in die Küche kam. Atas kräftige Hände tauchten voller Wucht in den Teig hinein, ihre Finger verschwanden darin; mit den Handballen walkte und klopfte sie die Teigmasse, zog daran, als wolle sie ihn in Stücke reißen, um ihn dann noch fester zusammenzufügen.

Ohne zu antworten, setzte sich Ayse an den Tisch. Sie liebte es, Ata dabei zuzusehen, wie sie durch die Küche wirbelte.

»Du hast die schönsten Hände auf der ganzen Welt«, sagte Ayse plötzlich.

47

Ata lachte verlegen auf, und nach einer Weile sagte sie: »Diese Hände haben dich aufgezogen«, und sie blickte sie an, als wären es selbständige Wesen, »sie haben dir den Hintern gewaschen, die Schuhe gebunden und hin und wieder eine Ohrfeige gegeben ... und jetzt sind sie müde und haben Altersflecken.« Ata wischte sich die Hände an der Schürze ab und ging zum Herd, um den Sirup mit den eingekochten Feigen, Haselnüssen und Rosinen aus der Pfanne in eine Schüssel umzugießen.

Ayse sprang auf. Es war ihr Lieblingsnachtisch.

»Das können wir doch gar nicht alles essen«, sagte Ayse, wobei sie einen Finger in die Schüssel tauchte.

Ata klopfte ihr auf die Hand.

»Das ist auch nicht alles für uns allein«, sagte sie streng, »sondern für die Gäste übermorgen.« Ihre Stimme klang mahnend, denn Ata wußte genau, daß Ayse sich bereits eine Ausrede ausgedacht hatte, um nicht dabeisein zu müssen.

»Aber ich habe doch mit Sezen ...«, sagte Ayse schnell, aber Ata winkte ab.

»Du wirst die Erlaubnis nicht bekommen auszufliegen, also finde dich damit ab. Deswegen habe ich auch deinen Lieblingsnachtisch gemacht«, sagte Ata versöhnlich und hielt ihr nun doch die Schüssel hin.

✳ ✳ ✳

In dem dunkelrot tapezierten Eßzimmer hingen zu beiden Seiten zweiarmige Leuchter, die den Raum in ein sanftes Dämmerlicht tauchten.

Am oberen Ende des langen ovalen Tisches saß der Vater, vor sich eine kristallene Karaffe mit Raki.

»Löwenmilch« hatte Ayse ihn als Kind genannt.

»Aber die Löwenmilch darf nur das Familienoberhaupt trinken«, hatte Ahmet gesagt und gelacht, als Ayse in die milchige Flüssigkeit stippte und über den bitteren Geschmack das Gesicht verzog.

Obwohl die Mutter am Sonntag ungeschminkt blieb, war die Narbe an der Nase im Licht der Leuchter kaum sichtbar. Ihre Nase war seit dem chirurgischen Eingriff kleiner, und Ayse fand, daß sie jetzt wächsern wirkte, wie aus einer weichen Masse, die man verformen konnte. Hin und wieder ging Antaya zu einem Chirurgen, der ihr Nervengift unter die Fältchen spritzte, um die Haut dort zu glätten. Antaya saß ihr gegenüber, und Ayse wäre während des Abendessens manchmal gerne vor ihrem prüfenden Blick geflüchtet; sie sah ihr so aufmerksam ins Gesicht, wie auf einen Plan, den sie sich merken und abzeichnen mußte. Antaya konservierte ihre Schönheit diszipliniert, wenn auch mit zunehmender Enttäuschung, und genauso streng wie zu sich war sie zu Ayse. Wenn Ayse bequem in einem Sessel saß und Antaya es bemerkte, packte sie

sie hart an der Schulter. »Haltung«, sagte sie dann, »ein Mädchen fläzt sich nicht wie ein Lümmel im Sessel!«

Mit einem hellen Klang öffnete Antaya jetzt ihre kleine silberne Dose, in der sie die Tabletten gegen ihre chronischen Kopfschmerzen aufbewahrte. Während Ata das Essen anrichtete und die Suppe in die Teller schöpfte, rutschte Zafir unruhig auf seinem Stuhl herum. Ayse spürte die Anspannung in seinem Körper und wie angestrengt er es vermied, in ihre Richtung zu blicken.

»Wie war es bei Sezen?« fragte Ahmed mit ruhiger Stimme, wie um dadurch die Spannung im Raum zu lösen.

Ata zog lautlos die Tür hinter sich zu.

»Es war …«, begann Ayse unsicher.

Aber Zafir fiel ihr ins Wort. »Nein!« sagte er so laut, daß Ayse zusammenzuckte. »Ich muß gleich klarstellen, daß die Party ein einziges Chaos war und Sezen mit Leuten verkehrt, die ich auf gar keinen Fall akzeptieren kann!«

»Aber sie ist meine beste Freundin!« sagte Ayse verteidigend.

»Umso schlimmer.« Zafir war so aufgeregt, daß der Löffel in seiner Hand zitterte.

Ahmed lehnte sich zurück und sah abwechselnd Ayse und Zafir an. »Was für Leute?«

»Ayse hat mit einem von Sigis Freunden geflirtet!«

Ayse ließ den Suppenlöffel in den Teller fallen.

50

»Das stimmt doch überhaupt nicht«, rief sie empört. »Ich kenne Christian gar nicht!«

»Seinen Namen immerhin«, sagte Zafir und verschränkte die Arme, als hätte sie sich gerade verraten.

»Wer ist Christian?« fragten Ahmet und Antaya gleichzeitig.

»Ein Neuer an der Schule, der einen äußerst unsympathischen Eindruck macht«, sagte Zafir.

»Wie kommt er dann auf Sezens Party?« fragte Antaya.

»Sezen pflegt einen schlechten Umgang, das habe ich immer schon gesagt!« murrte Zafir.

»Wie heißt er denn mit Nachnamen, was machen seine Eltern?« bohrte Antaya weiter.

Zafir zuckte mit den Schultern.

»Du kennst ihn also nicht?« fragte Ahmet.

»Niemand hier scheint ihn zu kennen«, fügte Antaya amüsiert hinzu, »auch Ayse nicht.«

Ayse schüttelte den Kopf.

»Wir reden also über ein Phantom«, sagte Antaya lachend.

Zafir holte vernehmbar Luft. »Ich habe gute Gründe anzunehmen, daß sich hinter diesem Phantom ein äußerst aggressiver ...«

Ahmet unterbrach ihn. »Zafir«, sagte er, »wie oft habe ich dir gesagt, du sollst Typen wie Sigi aus dem Weg gehen und sie ignorieren.«

»Man kann ihnen nicht aus dem Weg gehen, wenn

51

sie sich in den Weg stellen. Oder glaubst du, ich renne davon?« Zafirs Wangen glühten. »Sie haben keinen Respekt. Ich kann machen, was ich will, sie hassen und beleidigen uns, wo sie nur können.«

»Das hat dich nicht zu kümmern«, erwiderte Ahmet. »Du hast es nicht nötig, dich darüber aufzuregen.«

»Dann werden sie nie aufhören.«

»Du änderst sie nicht. Sieh lieber zu, daß du in der Schule vorwärtskommst«, sagte Ahmet abschließend und stellte heftig das Glas auf den Tisch.

Antaya betätigte die Fußklingel unter dem Tisch, die Ata in der Küche das Signal gab, die Suppenteller abzuräumen und den Hauptgang aufzutischen.

Zafir blickte unruhig zur Tür, als wolle er gleich aufstehen und flüchten.

»Darf ich mich dann bitte für die Party am Dienstag entschuldigen?« fragte er vorsichtig.

Antaya schüttelte sofort den Kopf. »Nein«, sagte sie streng. »Du bleibst zu Hause.«

Darauf stocherte er mit Gabel und Messer im Teller, als müsse er darin alles kleinhacken.

Verstohlen trat Ayse Zafir mit dem Fuß. »Ich muß ja auch hierbleiben«, sagte sie und neigte den Kopf zur Seite.

»Das ist was anderes«, sagte Zafir herablassend, ohne sie anzublicken.

»Außerdem hängst du sowieso zuviel mit deinen Freunden herum«, erklärte Ahmet entschieden.

»Ich hänge nicht rum, ich knüpfe Kontakte«, versetzte Zafir, legte entnervt das Besteck auf den Teller und starrte, die Arme verschränkt, schweigend vor sich hin. Ayse faltete indessen einen Vogel aus ihrer Serviette und legte ihn vor Zafir hin.

»Vergiß es«, sagte er nur und schlug ihn mit der Faust flach.

* * *

Ayse schloß die Tür ihres Zimmers ab, ging zum Schrank und nahm das kirschrote Nachthemd heraus. Als Ayse es im Geschäft begeistert an sich gerissen hatte, hatte Antaya nur den Kopf geschüttelt und es sofort wieder auf den Kleiderbügel gehängt. Statt dessen hatte Antaya ihr dann haufenweise sandfarbene Unterwäsche und taubenblaue Nachthemden gekauft.

Aber am nächsten Tag hatte Sezen für Ayse das Nachthemd geklaut. Sezen klaute, was sie in die Finger kriegen konnte. Sogar Flakons aus ihrem eigenen Badezimmer hatte Ayse bei Sezen auf dem Nachttisch wiedergefunden. Aber Ayse hatte sich nichts anmerken lassen, sie nahm es ihr nicht einmal übel, denn Sezen machte es wieder gut, indem sie ihr manchmal etwas von ihren ausgedehnten Raubzügen durch die Kaufhäuser mitbrachte, was sie sich nie hätte kaufen dürfen.

Mit Genugtuung spazierte Ayse jetzt in dem gestohlenen Nachthemd durchs Zimmer und tippte aufgeregt auf ihrem Mobiltelefon Sezens Nummer.

»Endlich!« rief Ayse, als sie Sezens Stimme vernahm. Es schien, als hätte sie schon geschlafen. Ayse hörte die Bettdecke rascheln.

»Wie war es denn noch?«

»Ich habe bis drei Uhr morgens die größte Schweinerei meines Lebens aufgeräumt!« sagte Sezen, ihre Stimme klang erschöpft. »… und seit meine Eltern wieder zurück sind, ist hier die Hölle los.«

Nach einer Pause fuhr sie fort: »Irgendein Idiot hat den silbernen Rahmen vom Hochzeitsfoto geklaut. Der Spiegel im Badezimmer ist eingeschlagen, und wenn du erst die Brandlöcher im Bett meiner Eltern gesehen hättest …!«

»Und, was haben sie dazu gesagt?«

»Sie wollen, daß ich endgültig ausziehe«, sagte Sezen gelassen, als verstünde sich das von selbst.

Ayse schwieg nachdenklich. Man hörte ein Knakken in der Leitung.

»Was wirst du jetzt tun?« fragte Ayse schließlich.

»Mach dir mal keine Gedanken über mich. Wenn hier jemand überlebt, dann ich!« Sezen hielt inne. »Nein, im Ernst. Ich ziehe bei einem Freund ein, vorübergehend.«

»Du hast einen Freund?« Ayses Stimme klang überrascht.

»Nein, ich sagte doch: ein Freund. Wir sind kein Paar. Beruhige dich.«

»Ist es dieser Alte?«

Ayse hatte vor einigen Tagen gesehen, wie Sezen von einem Mann abgeholt worden war, der sie wie selbstverständlich auf den Mund geküßt hatte.

»Er ist dreißig.«

»Sag ich doch. Alt.«

Es hatte sie nervös gemacht, daß er Sezen auf den Mund küßte, und vor allem hatte es sie geärgert, daß sie nichts davon gewußt hatte.

»Sezen? Hast du's gemacht?« fragte sie leise, aber eindringlich.

Sezen lachte. Ayse fuhr zusammen, das Lachen kam wie eine Ohrfeige aus dem Hörer.

»Ist gut, ich gebe es zu«, sagte sie schließlich.

»Und wie war es?«

»Weiß nicht. Das zweitemal war es besser.«

»Das zweitemal? Du hast es zweimal gemacht?« Ayse sprang vom Bett und ging aufgeregt durchs Zimmer.

»Warum erzählst du mir das erst jetzt?« Ayse setzte sich auf die äußerste Kante des Sofas.

»Ich hab's doch gesagt.«

»Liebst du ihn?« fragte sie ängstlich und zupfte am Saum ihres Nachthemdes.

Eine Weile war es still in der Leitung.

»Nein. Jedes Wochenende fliegt er nach Paris. Seine Freundin lebt da. Vergiß es. Wir sind nur be-freundet«, sagte Sezen beschwichtigend.

»Er hat eine Freundin, du liebst ihn nicht, ziehst

55

trotzdem bei ihm ein und gehst mit ihm ins Bett!«
rief Ayse empört in den Hörer.

»Ja, nur deshalb.«

»Du wirst immer ein Geheimnis für mich bleiben.«

»Wenn wir schon dabei sind«, sagte Sezen plötzlich. »Es ist höchste Zeit, daß du aus deinem goldenen Käfig ausbrichst.«

»Wie meinst du das?« Ayse stand wieder auf und ging zum Fenster.

»Na ja, Christian hat nach dir gefragt, als du weg warst. Er war ziemlich neugierig.«

»Und was hast du ihm gesagt?« Ayse biß sich nervös ins Handgelenk. Sie hörte, wie Sezen ein Kissen in den Rücken schob und tief einatmete.

»Ich habe gesagt, daß er sein Leben riskiert, wenn er zu sehr in deine Nähe kommt.«

»Und was ist mit Sigi? Sie sind nicht wirklich miteinander befreundet, oder?«

»Ich habe ihn nach Sigi gefragt, aber es schien ihm unangenehm zu sein. Er meinte, sie würden sich schon lange kennen. In Sigis Gruppe zu sein ist, wie in einer Sekte gefangen zu sein oder so.«

»Hast du sonst noch etwas erfahren?«

»Leider nicht.« Sezen gähnte in den Hörer.

Ayse sah das Blinken eines Flugzeuges, das in den Himmel stieg.

»Ist dein Fenster auch geöffnet?«

»Ja«, sagte Sezen schläfrig, »ich sehe die Sterne.«

»Siehst du auch das Flugzeug?« fragte Ayse.

»Ja. Es steigt.«

»Jetzt verschwindet es.«

»Bei mir auch.«

* * *

Am nächsten Tag rannten Ayse und Sezen in der Pause sofort in den zweiten Stock hoch und schlossen sich in der Kabine ein. Sezen gab ihr großzügig die Kamera. Sie lehnten sich aus dem Fenster. Christian stand hinten im Hof bei Scheitel, Paul und Sigi.

Ayse richtete das Objektiv auf Christian und zoomte langsam sein Gesicht heran. Während er auf Sigi einredete, gestikulierte er wild, Ayse sah seinen Mund vergrößert, seinen gestreckten Hals, den Adamsapfel, der sich im Rhythmus des Sprechens auf und ab bewegte. Aber plötzlich wandte sich Christian abrupt ab und kippte aus dem Sucher. Ayse fing ihn wieder ein, verfolgte ihn quer über den Hof wie eine Jägerin ihre Beute.

»Er sucht dich«, Sezen kicherte, »er sucht dich verzweifelt.«

Jedesmal, wenn Ayse auf den Auslöser drückte, war es, als ob sie ein Teil von ihm, ohne sein Wissen, für immer eingefroren und zu sich geholt hätte. Nach und nach schoß sie ihn ab. Sie hatte jede Bewegungssequenz auf dem Bildschirm, sie konnte ihn beliebig ins Bild rücken. Ayse lachte. Sie lehnte sich so weit hinaus, daß Sezen sie zurückzog.

»Paß auf, daß er dich nicht sieht«, sagte sie und schob sie endlich vom Fenster weg.

Im Klassenzimmer war es so still, daß man das Kritzeln der Stifte auf dem Papier und das leise Tastenklicken von Matteos Laptop hören konnte. Ayse und Sezen saßen in der hintersten Reihe, und während Sezen, die ein Schuljahr wiederholen mußte und sich daher anstrengte, seit einer halben Stunde, ohne innezuhalten, an ihrem Aufsatz schrieb, kaute Ayse auf dem Kugelschreiber herum und beobachtete, wie Matteo auf den Bildschirm starrte.

Wenn die Schüler beschäftigt waren, schrieb er an seinem Roman. Matteo war nicht nur Ayses Lieblingslehrer, er hatte eine ganze Fangemeinde von Schülerinnen, die ihm verliebte Blicke zuwarfen. »Dabei sieht er aus wie ein Loser«, hatte Ayse einmal einen Jungen spöttisch sagen hören, als Matteo im Flur an einer Gruppe von Mädchen vorüberging, die hinter ihm aufgeregt tuschelten und kicherten. Ayse hatte es noch nie erlebt, daß er schrie, und wenn jemand den Unterricht störte, öffnete er die Tür und bat ihn höflich, das Zimmer zu verlassen, als wäre er zu erschöpft, um sich aufzuregen.

Man wußte über ihn nur, daß seine Frau vor wenigen Jahren gestorben war und er seither allein lebte.

Matteo fuhr einen alten dunkelgrünen Mini, »der mit seiner Schrottkarre«, sagten sie und lachten über ihn. Aber insgeheim wollte jeder in seiner Klasse sein, denn er galt als der lockerste von allen Lehrern, und manch einer blickte im Sommer neidisch aus dem Fenster, wenn er seine Schüler im Hof unter den Kastanien unterrichtete. Manchmal versuchten Ayse und Sezen sich vorzustellen, wie er wohnte.

»In einer Studentenwohnung, wo der Putz von den Wänden blättert«, meinte Sezen. Sie hatte schon eine ganze Sammlung mit Fotos von ihm. Matteo, wie er ins Auto steigt, Matteo, an einer Straßenkreuzung stehend, eine Zigarette im Mundwinkel.

Einmal hatten Ayse und Sezen ihn nach dem Unterricht mit der Kamera verfolgt; in sicherem Abstand hatten sie beobachtet, wie er ziellos durch die Straßen irrte, bis er schließlich in einer Bar verschwand. Sezen hatte ihn noch durch das Fenster fotografiert. Verschwommen, weil es geregnet hatte, sah man, wie er auf dem Barhocker an der Theke saß. Sezen hatte das Foto vergrößert und Ayse einen Abzug geschenkt.

Matteo hatte die Hemdsärmel bis zu den Ellbogen hochgekrempelt und die zwei oberen Knöpfe geöffnet, so daß Ayse darunter das schwarze Haar seiner Brust sehen konnte. Er rieb sich die Augen, lehnte den Oberkörper zurück, streckte die Arme empor und gähnte ausgiebig. In diesem Moment kreuzten

59

sich ihre Blicke, und als hätten sie sich gegenseitig
ertappt, lächelte er Ayse aufmunternd zu, so, als
würde es ihm leid tun, daß sie hier in dem muffigen
Zimmer sitzen mußte. Ayse senkte schnell den
Kopf. Plötzlich erinnerte sie sich wieder an die Zei-
len, die ihr Ata einmal aus einem Buch vorgelesen
hatte und die sie manchmal summend vor sich hin
sagte wie einen Song, der ihr nicht mehr aus dem
Kopf ging und sie überallhin begleitete, und statt
des Aufsatzes schrieb sie:

>>Sie ist selbst Vogel und auch Nest,
selbst Schwinge und Feder,
selbst Luft und selbst Flug,
selbst Jäger und selbst Beute,
sie ist Zweig und auch Frucht – ist Vogel und
Nest.<<

Nach dem Unterricht wartete Ayse, bis alle Schüler
ihre Aufsätze abgegeben hatten und gegangen waren. Als letzte legte sie ihr Gedicht auf den Stapel,
setzte sich vor Matteos Pult und holte die Mappe
mit ihren Geschichten aus der Tasche hervor.

Ayse war immer aufgeregt, wenn sie mit Matteo
allein im Zimmer war und die Mappe aus ihrer Tasche nahm. Es war, als würde sie etwas Verbotenes
tun. Zögernd schob sie die Mappe über den Tisch.

>>Hast du wieder eine Geschichte für mich?<<
fragte er.

Ayse nickte, und Matteo hielt wie zum Schutz die

60

Hand darauf. Dann nahm er neugierig das Gedicht vom Stapel und las es. Ayse fühlte das Herz im Hals klopfen.

»Sehr schön«, sagte er nur, »das kommt dann auch in unsere Mappe.«

»Aber es ist kein Aufsatz«, sagte Ayse leise, »und nicht einmal eine halbe Seite lang.«

»Das macht nichts«, antwortete Matteo, »morgen erhältst du die Mappe wieder zurück, wie immer.«

Die Mappe mit den Geschichten war ihr gemeinsames Geheimnis, niemand wußte davon, selbst Sezen nicht.

Einmal hatte Matteo nach dem Unterricht Ayse zu sich gebeten. Er war unruhig im Zimmer auf und ab gegangen.

»Ich kann dir nichts beibringen«, hatte er plötzlich gesagt, und als müßte er sich dafür entschuldigen, war er vor ihr stehengeblieben und hatte mit den Achseln gezuckt. »Nichts.«

Ayse hat ihn verwundert angeblickt. »Aber ... was soll das heißen? Sie sind doch mein Lehrer!«

»Eben nicht«, hatte er geantwortet. »Ich kann dir nichts geben, was nicht schon in dir ist. Ich kann dich höchstens zerstören.« Nach einer Pause fuhr er fort: »Ich habe lange darüber nachgedacht, um dir einen Vorschlag zu machen.« Matteo hatte sich hinter das Pult gesetzt, die Handflächen auf dem Tisch. »Du darfst nie tun, was die anderen tun, und nie das, was sie von dir verlangen. Vergiß meinen Unterricht. Hör nicht zu. Schlaf lieber oder denke an etwas anderes. Aber schreibe Geschichten, schreibe deine Träume auf. Einfach alles, was dir einfällt. Aber du mußt mir versprechen, mir immer alles zu geben.« Er hatte sich zu ihr vorgebeugt. »Selbst wenn es dein Tagebuch ist«, hatte er mit eindringlicher Stimme hinzugefügt.

Ayse hatte den Kopf geschüttelt. »Ich schreibe kein Tagebuch.«

»Auch gut. Dann eben die Geschichten.«

Seit diesem Tag bekam Ayse für ihre Geschichten die Bestnoten und hatte keine andere Aufgabe, als sie selber zu sein. Es war ihr, als hätten sie einen Pakt geschlossen, der sie gleichzeitig beklommen und stolz machte.

»Du bist frei!« hatte er ihr noch nachgerufen, als sie damals das Zimmer verlassen hatte; und seine Stimme hatte erleichtert geklungen, aber auch fordernd und zornig wie ein Fluch.

Verwirrt ging Ayse nach Hause.

Alles muß ich verstecken. Den Schlüssel zur Schublade meines Schreibtischs trage ich jetzt immer bei mir. Wenn Zafir die Geschichten entdeckte, würde er sie den Eltern bringen und sie ihnen laut vorlesen. Aber jetzt ist die Mappe wieder bei Matteo, und er hütet und bewacht sie. Es ist unsere einzige Verbindung. Gerade in diesem Augenblick hält er vielleicht das Papier in den Händen, auf dem ich gestern noch geschrie-

ben habe, und berührt meine unsichtbaren Fingerabdrücke. Obwohl ich Matteo nur im Unterricht sehe, kennt er mich durch meine Geschichten besser als Sezen, besser als Zafir und besser als alle, mit denen ich hier unter einem Dach wohne. Ata ausgenommen, sie weiß vieles, aber auch sie weiß nicht, daß ich schreibe. Nur von meinem blauen Buch weiß niemand etwas. Das ist mein letztes Geheimnis. Das ist die einzige Insel, auf der ich allein herrsche. Es ist gegen unsere Abmachung, und Matteo darf es nie erfahren. Aber hat er nicht selbst gesagt, ich dürfe nie tun, was andere von mir verlangen?

Auf dem Foto, wie er an der Bar sitzt, als der Regen am Fenster herunterrinnt, sieht er aus wie einer, der allein ist, aber aufgehört hat, sich darüber zu wundern. Er will gar nicht wissen, warum er alleine an dieser Bar sitzt, und auch nicht, wohin er als nächstes gehen soll. Vielleicht ist er sogar glücklich in diesem Moment, aber das kann niemand verstehen. Er weiß, daß ich nicht leben darf wie die anderen und die Abende eingesperrt in meinem Zimmer verbringe. Aber er hat gesagt, daß ich dankbar sein soll für jede einsame Stunde, denn dieses Unglück sei mein größtes Geschenk und gleichzeitig auch ein Glück.

Neben mir läuft der Fernseher ohne Ton, ich kann nicht aufhören, dabei zuzusehen, wie die anderen leben. Gerade läuft meine Lieblingssendung. Ein Mädchen mit aufgesteckten Locken und mit einem Mikrofon rennt durch einen Club und interviewt die

Besucher. Sie haben sich in einer riesigen Halle zusammengerottet und tanzen. In der Mitte steht ein Käfig, eine Art Vogelkäfig, in dem ein Paar eng aneinandergepreßt tanzt und sich gegenseitig die Kleider vom Körper reißt. Wie im Kampf werfen sie sich gegen das Gitter, um gleich darauf ineinanderzustürzen und sich das Gesicht abzuschlecken. Es sieht aus, als ob sie die Zähne in das Fleisch des anderen stoßen und einander fressen wollten. Um den Käfig klatscht und kreischt das Publikum; einige halten sich dabei den Kopf. Ich glaube, sie reißen sich vor Vergnügen die Haare aus.

Einmal habe ich in dieser Sendung zufällig Sezen in der Menge entdeckt. Sezen ist immer da, wo die anderen sind. Da, wo Licht und Lärm ist. Auch ich wäre da, wenn ich dürfte. Und ich wäre mit Christian zusammen, irgendwo am Rand, und wir würden gemeinsam die anderen beobachten und so tun, als wären wir völlig allein. Ich setze mich jetzt ganz nah vor den Bildschirm, vielleicht kann ich ihn irgendwo unter den Hunderten von Menschen entdecken.

* * *

Am Dienstag waren sie ineinandergestürzt. Um zehn nach zwölf kam Ayse aus dem Klassenzimmer, rannte die Treppe hinunter, die Geschichtenmappe an ihre Brust gepreßt, als sie an der Biegung des Geländers schwungvoll mit dem Kopf gegen seine

Schulter prallte. Den Fuß noch in der Luft, stürzte Christian, mit den Armen rudernd, fünf Stufen rückwärts hinunter. Sie wäre beinahe auf ihn gefallen, aber ihre Hände faßten in letzter Sekunde das Treppengeländer, dabei ließ sie die Mappe los, die sich im Flug öffnete, und die Blätter segelten auf Christian hinunter, der rücklings auf dem Boden lag. »Die Königin der Nacht«, las er, als er sich stöhnend erhob, das Blatt von seinem Gesicht nahm und es Ayse hinstreckte, die mit hochrotem Kopf neben ihm stand.

»Bist du okay?« fragte sie und blickte besorgt auf ihn hinunter.

»Ich glaube, ja«, antwortete er und richtete sich vorsichtig auf, aber sein Kreuz schmerzte so, daß er die Zähne zusammenbiß, um nicht aufzuschreien. »Kein Problem«, sagte er lächelnd und tastete mit der Hand die Rippen ab, während Ayse hastig die Blätter einsammelte und in die Mappe legte. Plötzlich fuhr sie sich verwirrt mit der Hand an den Kopf, um eine Strähne, die ihr in die Stirn baumelte, hinters Ohr zu streifen, dabei fiel ihr die Mappe wieder aus der Hand. Als sie sich danach bücken wollte, hatte er sie schon aufgehoben und hielt sie ihr entgegen. Sie nickte ihm zu, als die Mappe von seiner Hand in die ihre wechselte. Drückte die Mappe dann schnell an sich und hastete an ihm vorbei, sein Lächeln im Rücken, die Treppe hinunter, als würde sie verfolgt.

»Wo bleibst du denn?« rief ihr Zafir ungeduldig aus dem offenen Wagenfenster zu und startete den Motor. Ayse riß die Tür auf und setzte sich neben ihn.

»Ach, es war nur Matteo«, sagte sie wie beiläufig und winkte ab, »wir mußten noch eine Arbeit besprechen.«

       * * *

Christian wollte ins Klassenzimmer zurück, weil er dort etwas vergessen hatte, als er auf der untersten Treppenstufe ein Blatt entdeckte. Ayse hatte es in der Eile übersehen. Er hob es auf und rannte aus dem Schulhaus über den Hof hinter ihr her.

»Halt!« schrie er. »Warte!«, aber sie hörte ihn nicht mehr. Mit dem Blatt in der Hand stand er auf der Straße und sah gerade noch das Rücklicht von Zafirs Wagen, der um die Ecke bog.

Christian nahm das Blatt an sich. In großer runder Schrift stand da:

> »Sie ist selbst Vogel und auch Nest,
> selbst Schwinge und Feder,
> selbst Luft und selbst Flug,
> selbst Jäger und selbst Beute,
> sie ist Zweig und auch Frucht – ist Vogel und
>   Nest.«

Er las es in der U-Bahn und später noch einmal in seinem Zimmer auf dem Bett. Es klang wie ein Rätsel, und er hätte gerne gewußt, was sonst noch in der Mappe gewesen war.

Schließlich setzte er sich hin und schrieb es ab, dann faltete er das Original sorgfältig zusammen und steckte es in ein Kuvert. Es war aufregend, etwas in den Händen zu halten, was ihr gehörte und was sie vielleicht jetzt schon vermißte und nur er ihr wiedergeben konnte.

Gestern hatte er sie den ganzen Tag vergeblich in der Schule gesucht. Im Unterricht hatte er sich nicht konzentrieren können. In der Pause war er aufgeregt in den Hof hinuntergerannt. Selbst wenn er nicht mit ihr sprechen durfte, hatte er sich vorgestellt, wie sie sich heimlich Blicke zuwerfen würden. Aber er hatte sie nirgends entdecken können. Vor Sigi und seinen Freunden hatte er vorgetäuscht, auf die Toilette zu müssen, um dann durch die Flure des Schulhauses zu irren, vielleicht war sie irgendwo in dem Gebäude. Sogar einen Lehrer, der ihm entgegenkam, hatte er nach ihr gefragt.

»Ayse?« hatte der gesagt und den Kopf geschüttelt, nein, er kenne keine Ayse und wisse deswegen auch nicht, wo sie sei.

»Sieh dich vor«, hatte Sezen warnend gesagt, »laß lieber die Finger von Ayse, wenn du dich nicht unglücklich machen willst. Zafir bewacht sie wie ein Bullterrier.«

Aber das kümmerte Christian jetzt genausowenig

wie Sigis Meinung, Zafir sei nicht nur sein größter Feind, sondern auch »der letzte Dreck«.

Christian hatte aufgehört, ihm zu widersprechen. Sollte Sigi doch denken, was er wollte.

So wie er ihm Sezens Party verschwiegen hatte, würde er ihm auch davon nichts sagen. Es bereitete ihm jetzt ein heimliches Vergnügen, im Telefonbuch nach dem Namen Kayaran zu suchen. Aber als er ihn endlich fand, starrte er lange auf die Adresse: Kastanienstraße 7. Christian hockte mitten in seinem Zimmer am Boden, und sein Kopf versank fast zwischen den aufgeschlagenen Seiten. Schließlich schlug er das Telefonbuch wieder zu.

»Das muß ein Irrtum sein«, flüsterte er, »das kann nicht sein.« Als er mit dem Finger nun noch einmal über die Seite glitt und bei Kayaran angelangt war, stand dahinter: Immobilienmakler, Kastanienstraße 7.

Christian biß sich auf die Lippen, steckte das Kuvert ein und verließ schnell das Haus. Sezen hatte ihm erzählt, daß Ayses Vater Immobilienmakler sei, ein erfolgreicher obendrein, und er hatte sich noch gewundert darüber, weil er noch nie von einem türkischen Immobilienmakler gehört hatte, aber was wußte er überhaupt von diesen Leuten?

Bisher hatte er es vermieden, wieder in diese Gegend zu kommen. Sein Herz klopfte, als er in die von hohen Kastanien gesäumte Straße einbog. Er hörte seine Schritte auf den gesprungenen Granit-platten. Als Kind hatte er tote Ameisen und Käfer in einem Marmeladenglas gesammelt und sie dann zwischen die Ritzen der Pflastersteine gelegt, um sie zu beerdigen. Am Straßenrand stand noch immer die alte Wasserpumpe. Christian legte die Hand auf den kalten Drachenkopf aus Gußeisen und drückte den Schwengel nach unten, aber das Drachenmaul blieb trocken.

Im Sommer, wenn es sehr heiß gewesen war, hatte er sich hier mit den Nachbarskindern getroffen. Mit seinen Freunden hatte er die Mädchen gepackt, die in ihren Armen kreischten und strampelten, und ihre Köpfe unter den Wasserstrahl gehalten, der aus dem Drachenmaul schoß.

Erst wenn sie alle völlig durchnäßt waren, war er nach Hause gerannt, und Mutter hatte ihn in ein Badetuch gewickelt und im Garten in die Sonne gesetzt.

Ihr Haus war das zweitletzte in der Straße. Aber dort, wo sich Wicken um den Zaun geschlungen hatten, ragte jetzt eine hohe glatte Mauer auf. Anstelle der alten Gattertür war ein grünes metallenes Tor. Das Nachbarhaus war abgerissen worden. Christian blieb stehen. Ein Bretterzaun trennte die Baustelle von der Straße; durch die Lücken konnte er den umgewühlten Boden sehen, Container, Schutthügel und Trümmerhaufen. Auch die alte Frau, die hier allein gelebt hatte, mußte das Haus an die Alteigentümer zurückgeben. Christian war oft

69

in ihrem verwilderten Garten gewesen, in dem das Gras so hoch stand, daß er sich darin hatte verstecken können.

Inzwischen hatten die Raupen tiefe Spuren in den Boden gestanzt.

Christian ging an der Mauer entlang und blickte auf das grüne Tor. Er fürchtete, daß allein vom Hinschauen der Alarm losgehen könnte. Es schien eines dieser Häuser zu sein, in denen sofort überall Licht angeht, wenn man nachts zu nahe herankommt. Ein Haus, das bewacht werden mußte. Damals hatte so eine Mauer gefehlt, und man hatte leicht hineinkommen und sie hinausschmeißen können. Wer jetzt hier lebte, konnte nicht rausgeschmissen werden. In seinen Träumen hatte Christian sich oft vorgestellt, wie er zurückkehren und das Haus samt den neuen Besitzern in die Luft jagen würde.

Jetzt, da er davorstand, wäre er am liebsten wieder umgekehrt. Er blickte an dem Tor empor, das ihn auszulachen schien. Er zündete sich eine Zigarette an, lehnte sich an einen Laternenmast und tat, als warte er auf jemanden. Es hat keinen Sinn, sagte er sich, es ist völliger Wahnsinn, in diese Festung hineinzugehen, nur um ein verlorenes Gedicht zu überbringen. Noch immer konnte er es nicht glauben, daß es Ayses Vater war, der das Haus gekauft hatte. Wie oft er sich die Käufer auch vorgestellt hatte, die die Räume in Beschlag nahmen, in denen er gelebt hatte, nie hatten sie Gesichter gehabt, es waren Gespenster, Phantome.

»Sie werden alles zerstören«, hatte sein Vater gesagt, »nichts wird bleiben, wie es ist.«

Christian stieß den Rauch in die Luft und zerdrückte den Zigarettenstummel heftig mit der Schuhspitze, bevor er sich umdrehte und kurzerhand auf das Tor zuging.

Es war, als überschritte er eine unsichtbare Grenze, als er auf die Klingel drückte, neben der auf einem goldfarbenen Messingschildchen die Initialen A. K. eingraviert waren.

Aus dem Lautsprecher fragte eine weibliche Stimme nach seinem Namen.

»Christian Hagen aus Ayses Schule. Sie hat etwas vergessen«, sagte er mit fester Stimme, aber seine Hände zitterten. Kurz darauf öffneten sich die beiden Flügel des Tores nach innen.

Der Kies knirschte unter seinen Schuhen, als er über den Vorplatz schritt. Er warf einen kurzen Blick auf den Birnbaum, der jetzt kleiner wirkte, wie geschrumpft vor dem Haus, und ging dann auf den Treppenaufgang zu. Dort, wo die Fahrräder und Vaters Arbeitsschuhe gestanden hatten, zierten Oleander in tönernen Töpfen den Eingang. Christian blickte staunend an der frisch renovierten Fassade hoch, als die schwere Eichentür sich öffnete.

Eine alte Frau mit dichtem krausem Haar und

71

schwarzer Schürze um die breiten Hüften musterte ihn von oben bis unten.

»Zu wem wollen Sie?«

»Ich, ääh ... hier!« Er streckte ihr das Kuvert hin. »Das hat Ayse vergessen. Ich wollte es ihr nur zurückbringen«, sagte er wie entschuldigend.

»Gehen Sie in dieselbe Schule?« fragte sie.

»Ja.«

»Augenblick.« Die Frau verschwand im Hauseingang.

Kurz darauf stand Ayse in der Tür.

»Hallo«, sagte sie überrascht. Sie trug ein weißes zerknittertes T-Shirt, und das Haar war ungeordnet, als hätte sie eben noch geschlafen. Sie paßte in diesem Aufzug überhaupt nicht in diese Umgebung, sie wirkte unter dem Portal, als würde sie davon erschlagen.

»Hier«, sagte er und streckte jetzt ihr das Kuvert entgegen, »das Gedicht. Es lag noch auf der Treppe in der Schule, ich wollte es dir hinterherbringen, aber du warst schon weg.«

Schnell nahm sie ihm das Kuvert aus der Hand, faltete es zusammen und steckte es in eine Hosentasche ihrer Jeans.

»Danke«, sagte sie und blieb unentschlossen in der Tür stehen, die Hand auf der Klinke.

»Es ist schön«, sagte er.

Lächelnd strich sie sich mit der Hand durchs Haar. »Gefällt es dir wirklich?« fragte sie zögernd.

Er nickte, machte einen Schritt zurück und blickte erneut am Haus empor.

»In welchem Zimmer wohnst du?« fragte er unvermittelt.

»Oben rechts«, antwortete Ayse verwundert. »Warum?«

Christian starrte sie an. »Weil das ... also ... eigentlich mein Zimmer ist«, stotterte er.

»Was?« fragte Ayse, immer noch lächelnd, und wollte etwas ergänzen, als sie im Hintergrund Zafirs Stimme hörten, die rasch näher kam.

»Wer ist da?« rief er.

»Niemand!« sagte Ayse laut und knallte die Tür vor Christian zu.

✳ ✳ ✳

Ziellos ging Christian wie ein Fremder durch die Straßen. Nicht nur das Haus hatte sich verändert, die ganze Gegend schien ihn zurückzustoßen. Er kam an dem Spielplatz und dem kleinen Lebensmittelladen vorbei, in dem die Mutter früher eingekauft hatte. Aber der Rolladen an der Tür war heruntergelassen, und durch das Schaufenster konnte er sehen, daß der Laden leer war.

Er nahm den Weg am Heidekraut vorbei, so wie damals, als er diesen Weg mit Sigi gegangen war und sie sich geschworen hatten, gleichzeitig durchs Ziel zu rennen und gemeinsam zu gewinnen. Der Sport-

73

platz befand sich zweihundert Meter hinter dem geschlossenen Laden. Niemand war auf der Rennbahn, als Christian auf die Tribüne kletterte und sich in die erste Reihe setzte. Vor ihm lag die weite, leere Rennstrecke. Hier hatten damals auch seine Eltern gesessen, zwischen den Lehrern und den anderen Zuschauern.

Schon Wochen vor dem Langstreckenlauf waren sich Christian und Sigi darüber einig gewesen, daß man an einem Wettkampf nur dann teilnehmen dürfe, wenn man als Sieger daraus hervorgehe. Über das Geschwätz der Lehrer, nur das Kollektiv zähle, und die Teilnahme sei wichtiger als der Sieg, lachten sie bloß.

»Denen zeigen wir's«, sagte Sigi, und sie hatten sich geschworen, zusammen an der Spitze zu rennen und sich gegenseitig anzufeuern. Gleichzeitig wollten sie, Hand in Hand, nebeneinander durchs Ziel laufen.

Am Morgen des Wettkampfs war Christian übel gewesen, und während er die Turnschuhe zugebunden hatte, waren seine Hände feucht vor Aufregung.

Das riesige Oval der Rennbahn öffnete sich vor ihm wie eine Arena. Sigi klopfte ihm auf die Schulter. »Nicht vergessen, wir rennen nebeneinander«, sagte er noch.

In den Minuten vor dem Startschuß stand die Zeit für Christian wie gefroren still, während er auf

74

den roten, flachgewalzten Boden der Aschenbahn starrte. Im letzten Sommer hatte er einmal versucht, barfuß zu laufen. Die gespeicherte Hitze der Bahn hatte an den Fußsohlen gebrannt, es schmerzte so sehr, daß er ins Gras springen mußte. Jetzt dachte er an diese Hitze, die unter seinen Füßen gespeichert war, und als der Startschuß fiel, sah er den Boden brennen und in Flammen aufgehen, und sein kleiner schmächtiger Körper rannte durch die Flammen, die er nicht hinter sich lassen konnte, sondern die bei jedem Schritt vor ihm auflohten. Seine Füße traten in rasendem Tempo auf den Boden, als jagten sie sich und wollten sich gegenseitig fangen. Er vernahm unter sich das Aufschlagen der eigenen Füße, ein Trommeln wie von einer durchgehenden Pferdeherde, das ihn vorwärts trieb. Von ferne hörte er das Rufen der Zuschauer von der Tribüne, deren Stimmen wie unsichtbare Peitschen durch die Luft knallten. Sein Herz raste vor Anstrengung, und die Geschwindigkeit trieb ihm den Wind ins Gesicht. Er blickte nach links und rechts, aber weder vor noch neben ihm war jemand zu sehen. Wo bist du, dachte er erschrocken, wo bist du denn?, und im Reflex, vielleicht etwas falsch gemacht zu haben oder zu früh losgerannt zu sein, drehte er seinen Kopf, blickte, noch immer rennend, zurück, und weit hinten, in der Nähe des Starts, entdeckte er Sigi inmitten der anderen, eine träge sich fortbewegende Masse.

Christian rannte allein an der Spitze. Er hatte bereits zwei Drittel der Strecke hinter sich gebracht, vor sich das Ziel, das er, weit im Vorsprung, mit Leichtigkeit als erster hätte durchlaufen können. Christian sah sich selbst, völlig allein auf der Rennbahn. Hunderten von Blicken derer ausgesetzt, die dort oben auf der Tribüne saßen oder am Rande und klatschten und pfiffen, weil sie seines Sieges gewiß waren, der so absehbar und deutlich nahe vor ihm lag, als er mitten auf der Bahn stehenblieb und wartete. Ein Sportlehrer am Rand rief ihm etwas zu, fuchtelte mit den Armen, aber Christian rührte sich nicht. Mit dem Rücken zum Ziel, sah er den anderen entgegen, einer Wand rennender, keuchender Kinder, die rasch näher kam.

Das Rufen der Zuschauer wurde lauter und schriller, er hörte seinen Namen, sie schrien ihm zu: »Lauf! Lauf!« Er hatte Vaters brüllende Stimme herausgehört, aber stärker als die Angst zu verlieren, war jetzt die Angst, allein zu gewinnen. Die Furcht, die ihn vorwärts getrieben hatte, senkte sich schwer und lähmend auf ihn herab. Die Flammen, die aus dem Boden schossen, waren erloschen, die Füße standen reglos nebeneinander und waren nicht mehr zu bewegen. Christian wünschte, in Ohnmacht zu fallen, einfach umzufallen und liegenzubleiben. Das Grün des Rasens verwandelte sich in ein grelles Gelb, das ihn blendete, als würde er auf der Sonne stehen und langsam verbrennen. Er sah alles deut-

76

lich vor sich, seinen tobenden, verzweifelten Vater, der auf der Tribüne seinen Namen schrie, seine hilflose Mutter, die händeringend seinen Vater zu beruhigen suchte, die Leute, die verständnislos auf ihn hinunterblickten und deren Rufe, vorher wohlwollend und freudig, sich jetzt in höhnisches Gelächter verwandelten.

Die Kinder kamen näher, rannten auf ihn zu, hasteten grinsend oder erstaunt an ihm vorbei. Ein Ellbogen schlug ihm in die Seite, er stolperte, beinahe wäre er hingefallen, aber durch den zufälligen Stoß wieder in Bewegung gebracht, lief er hintennach wie ein verletztes Tier, das versucht, seiner Herde zu folgen. Mit eingezogenem Kopf rannte er als letzter über das von Dutzenden Turnschuhen niedergetrampelte Zielband. Aber schlimmer, als bei der Preisverleihung leer auszugehen, und schlimmer als die spöttischen Blicke der Mitschüler, das Kopfschütteln ihrer Eltern und Mutters verständnisloses »Warum?« war es, Sigi auf dem Podest zu sehen, wie er, mit stolz geschwellter Brust, den ersten Preis im Langstreckenlauf entgegennahm. Mit beiden Händen hielt er den Pokal in die Höhe und blickte über Christians Kopf hinweg, als wäre er gar nicht mehr anwesend.

Nie vergessen konnte er auch das Schweigen seines Vaters auf der Rückfahrt im Auto. Dieses enttäuschte Schweigen, das immer härter wurde, je länger es dauerte, das sich zwischen Rück- und Vordersitz aufbaute wie eine unüberwindbare Mauer, hinter der er allein blieb.

Die ganze Nacht hatte Christian nicht schlafen können und sich vor Enttäuschung und Wut im Bett hin und her geworfen.

Am nächsten Tag, als er Sigi im Flur entgegenkommen sah, hatte er ihn sofort gepackt und an die Wand gedrückt.

»Warum bist du alleine weitergerannt?« hatte er wütend gesagt.

»Ich wollte dich doch mitziehen«, hatte Sigi entschuldigend gestammelt, »du hast dich ja nicht gerührt.«

Christian fühlte genau, daß etwas nicht stimmte und Sigi ihn reingelegt hatte. Aber seine Wut flaute ab, als Sigi überraschend den Pokal aus der Schultasche nahm und ihm entgegenstreckte.

»Ich weiß, daß du schneller bist. Du hast gewonnen. Der Pokal gehört dir«, hatte er kleinlaut gesagt. Versöhnt hatte Christian den Pokal angenommen und ihn dann als Zeichen ihrer Freundschaft zu Hause auf seinen Schreibtisch gestellt.

Kurz darauf hatten sie sich eines Nachmittags in dem alten heruntergekommenen Gartenpavillon versteckt. Er wurde als Geräteschuppen von beiden Familien des Hauses gemeinsam genutzt. Zwischen Brettern und einem Rasenmäher hockten sie auf einer Werkzeugkiste und ritzten sich mit einer Rasierklinge die Haut am Unterarm auf. Das Licht fiel schräg durch die staubigen Fenster. Dort im Halbdunkel schworen sie sich, Wunde an Wunde, ewige Blutsbrüderschaft.

»Von nun an gehören wir für immer zusammen«, hatte Christian gesagt und den Finger auf den kleinen blutenden Schnitt gedrückt.

»Bis zum Tod«, hatte Sigi hinzugefügt.

Seitdem war Sigi in ihrem Haus ein und aus gegangen, und weil Sigis Eltern kaum Zeit für ihn hatten, blieb er oft bei Christian zum Essen. »Findling« hatte die Mutter ihn genannt und ihm dreimal nachgeschöpft. Im Sommer durften sie in Schlafsäcken unter der Silberweide übernachten. Sie stellten sich vor, Außerirdische zu sein, die von einem fernen Planeten zufällig hier in diesem Garten gelandet waren. Die Fassade, hinter der Christians Eltern schliefen, war die feindliche Festung, die sie am Morgen stürmen wollten.

Obwohl Sigi in einen anderen Stadtteil zog, die Schule wechselte und sie sich deshalb manchmal monatelang nicht sehen konnten, blieb Sigi Christians bester Freund.

»Das einzig Gute an dem Umzug ist, daß du jetzt wieder mit Sigi zusammen bist«, hatte der Vater erklärt, als er ihm die Aufnahmebestätigung des Gymnasiums gab. Christian hatte sich darauf gefreut, endlich wieder in Sigis Nähe zu sein.

»Deine Freunde sind auch meine Freunde«, hatte er am ersten Schultag gesagt, als Sigi ihm Paul und

Scheitel vorstellte, und hinzugefügt: »und deine Feinde auch meine Feinde.«

Aber seit er am Wochenende mit Sigi an einem Trainingscamp teilgenommen hatte, wußte er, daß Sigi sich in einer Weise verändert hatte, die er nicht mehr verstehen konnte.

Zuerst hatte es ihm Spaß gemacht, in einem Kleinbus zusammen mit Paul und Scheitel und sieben anderen, die ihm Sigi als »Kameraden« vorgestellt hatte, aufs Land zu fahren. Sie kamen an Dörfern vorbei, deren Namen Christian noch nie gehört hatte. Tiefe Rinnsale durchzogen das flache Land, Hecken und Büsche säumten den Weg. Unberührt lagen die Wiesen vor ihnen. An einem Waldrand stiegen sie aus. »Wie auf einer Safari«, witzelte einer, als sie, bepackt mit Rucksäcken, in einer Kolonne durch den Wald marschierten. Auf einer großen, von Bäumen umstandenen Wiese, die auf einer Seite in die offene unbewohnte Landschaft mündete und auf der andern durch einen tief in den Boden eingeschnittenen Waldbach begrenzt war, ordnete Sigi mit knappen Befehlen an, wo die Zelte aufzuschlagen seien. Sigi zeigte mit einem kleinen Stock auf die gewünschten Stellen. Er selber wählte für sein Zelt eine Erhebung aus, von wo er die Übersicht hatte.

Bereits am Abend, als sie sich alle um das Feuer versammelten und laut und betrunken in die Dunkelheit johlten, hatte Christian in die Flammen gestarrt, den Mund bewegt, ohne mitzusingen, und sich gewünscht, diese Horde roher junger Männer würde endlich still werden.

»He, Alter, was träumst du?« sagte Sigi und legte den Arm um seine Schulter. Im gleißenden Licht der Flammen hatte er in Sigis schlaue Husky-blaue Augen geblickt. Immer war er von diesen Augen fasziniert gewesen und hatte ihn darum beneidet, aber jetzt kamen sie ihm stumpf und leer vor.

»Ich träume nie«, antwortete Christian kühl und nahm die Hand von seiner Schulter, woraufhin die anderen in Gelächter ausbrachen und aus vollem Hals »Christian träumt nie« sangen.

Um fünf Uhr morgens wurde er brüsk aus dem Schlaf gerissen. Mit einer gellenden Trillerpfeife ging Sigi an den Zelten vorbei.

»Auf, auf, Kameraden!« rief er und trieb die Truppe zum Bach hinunter, wo man sich waschen sollte.

Fröstelnd kniete Christian am Ufer und klatschte sich mit den hohlen Hand das eiskalte Wasser ins Gesicht. Neben ihm befestigte Scheitel einen kleinen Taschenspiegel an einem Ast und strich sich das Haar mit Pomade zurück. Die anderen kicherten.

»Mensch«, rief einer und hielt sich die Nase zu. »Der riecht ja wie eine französische Hure.«

»Außerdem sind persönliche Dinge hier verboten«, fügte Paul hinzu.

»Das ist eine Ausnahme«, gab Scheitel ungerührt zurück und kämmte sein Haar.

»Ausnahmen sind hier erst recht verboten«, erwiderte Paul schroff.

»Komm, laß ihn doch«, hatte Christian schlichtend dazwischengerufen, aber Paul hatte Scheitel die Pomade bereits aus der Hand gerissen.

»He, was machst du denn?« rief Scheitel, als er sah, wie Paul Spiegel und Dose in den Bach warf.

»Schluß jetzt, wir sind hier nicht auf einer Schönheitsfarm«, herrschte Sigi Scheitel an und stieß ihm mit dem Stock in die Seite. »Abmarsch!«

Kurz darauf stellten sie sich auf der Wiese zu Freiübungen auf, die ihnen Sigi, in der Mitte des Kreises stehend, vormachte. Zum Schluß ordnete er zwanzig Liegestütze an, wobei er kontrollierend um sie herumging, die Hände auf dem Rücken verschränkt. Später jagte er sie im Stafettenlauf über die Wiese, ließ sie durch den kalten Bach robben, auf allen vieren durchs dornige Unterholz kriechen.

Befremdet beobachtete Christian, daß er nur nebenherlief und die Kameraden anbrüllte und herumkommandierte. Erst dachte er, Sigi würde Spaß machen und bald einen Schritt zurücktreten und lachen wie früher, aber mit jeder Stunde begriff er mehr, daß Sigi und die anderen es ernst meinten.

Dann mußten sie sich auf dem Zeltplatz versammeln. Sigi stand breitbeinig vor ihnen. Die Gruppe blickte ihn erwartungsvoll an.

»Angenommen, Paul wäre ein Nigger, was würdet ihr mit ihm machen?« fragte er in die Runde, und alle wandten sich zu Paul um, der hinten stand.

»Er hätte Schwein, daß wir hier nicht die Randstein-Nummer hinkriegen«, sagte einer. Zustimmendes Gelächter ging durch die Reihe, auch Paul lachte unsicher.

»Paul, du brauchst keinen Schiß zu haben«, sagte Sigi grinsend, »wir tun ja nur so. Aber schmier dich mal damit ein.« Er kramte eine kleine Dose mit schwarzer Fettcreme hervor.

Als die andern Paintball-Gewehre geholt hatten, mußte der schwarze Paul losrennen. Nach wenigen Minuten begann die Verfolgung.

»Wir kriegen dich, du verdammter Nigger«, riefen sie und schwärmten suchend ins Unterholz aus.

Christian entdeckte Paul hinter einem Brombeerstrauch. Gleichermaßen steif vor Schreck, starrten sie sich an. Paul schien erfüllt von der Panik des Gejagten. Er rannte davon, genau in die Richtung, aus der die andern kamen. Mit Kriegsgeheul stürzten sie sich auf ihn, umzingelten ihn jubelnd und kreischend und schossen alle gleichzeitig los. Die Farbpatronen platzen und vermischten sich mit dem Schwarz der Creme und dem Blut, das aus Hautrissen tropfte. Paul lag am Boden und schrie vor Schmerz.

»Der Hund bewegt sich, er lebt noch!« riefen sie

83

und schossen weiter, einige traten mit den Stiefelspitzen auf den gekrümmten Körper ein.

»Macht ihn alle, die Drecksau«, brüllten sie, »macht ihn alle.«

In diesem Moment fuhr Sigi dazwischen und befahl, sofort aufzuhören. »Seid ihr wahnsinnig, das ist doch nur ein Spiel«, sagte er, aber auch in seinen Augen glitzerte es.

Nach dieser Paintball-Jagd beschloß Christian, nie wieder an einem von Sigis Trainingscamps teilzunehmen.

In der Nacht warf er sich im Schlafsack unruhig hin und her. Schließlich kroch er erschöpft aus dem Zelt. Mit der Taschenlampe leuchtete er den Weg zum Bach hinunter.

Er rutschte die Böschung hinab und setzte sich mit angezogenen Knien auf einen Stein. Im schwarzen Wasser spiegelte sich die scharf geschnittene Sichel des Mondes. Er hörte das leise Rauschen des Wassers wie tausend ineinanderfließende Stimmen einer unsichtbaren fernen Menschenmenge. »Deine Feinde sind auch meine Feinde.« Christian wußte, er würde Sigis Zorn auf sich ziehen, sobald er sich von ihm abwenden würde.

Er hatte begriffen, daß er seinen besten Freund verloren hatte.

* * *

Am späten Nachmittag sprang Christian von der Tribüne und ließ die Rennbahn seiner Kindheit hinter sich. Mit der Fußspitze kickte er einen Stein in das Heidekraut. Es roch nach Sommer, in den Vorgärten blühte weißer Flieder.

Kurz vor der Kastanienstraße bog er neben dem Spielplatz zu dem kleinen Hügel ab. Es war der einzige in der Gegend, und im Winter war er voller Kinder, die mit ihren Schlitten hinuntersausten. An Sonntagen war Christian manchmal vor Morgengrauen zum Hügel gegangen, weil er der erste sein wollte, der nach dem Neuschnee eine Spur hinterließ. Ganz allein hatte er oben gestanden und war genau in der Mitte hinuntergefahren, und während die Kufen durch den frischen Schnee glitten, dachte er an die Spur hinter sich, die den Hügel in zwei Hälften teilte. Er nannte diese Linie »Grenze«, und als später andere Kinder hinzukamen, bestimmte er, daß sie sich für eine Seite entscheiden müßten. Wer die Seite wechseln wollte, mußte ihn erst fragen, und er fühlte, wie er, da er in der Mitte war, diesen Hügel beherrschte, und abends blickte er befriedigt auf seine Spur, die tiefer und deutlicher war als alle anderen. Für Christian war eine Grenze etwas gewesen, was es nur im Winter geben konnte und nur dann, wenn es schneite. Er hatte damals nicht verstanden, warum seine Eltern, wenn sie von »der Grenze« sprachen, immer so taten, als würde es sie auch im Sommer, im Frühling und im Herbst geben.

Die Grenze war eine Spur im Schnee, die er selber gezogen hatte und die irgendwann wieder verwehte und schmolz.

Christian saß oben auf dem Hügel, von wo er das Dach des Hauses sehen konnte. Er dachte an Ayse, und ihm fiel ein, daß sie denselben Ausblick aus dem Fenster hatte wie er früher.

Es war, als wären sie allein dadurch für immer verbunden und Ayse wäre ein Teil von ihm, ohne den er nicht mehr sein konnte.

Christian legte sich ins Gras. Weit über ihm blinkten die Lichter eines Flugzeuges, das die Stadt verließ. Eine Amsel sang ihr Revierlied. Dann drehte er sich um und atmete, mit dem Gesicht nach unten, den vertrauten Geruch von warmer Erde. Er bohrte die Finger in die Erde, wie wenn er sich an ihr festkrallen wollte, die untergehende Frühlingssonne im Nacken.

* * *

Ayse war an Zafir vorbei die Treppe hoch in ihr Zimmer gerannt. Zitternd legte sie das Gedicht in ihre Mappe zurück. Sie ging auf und ab, warf sich aufs Bett, stand aber gleich wieder auf, ging zum Fenster und setzte sich schließlich an den Schreibtisch.

»Er ist hergekommen«, sagte sie leise zu sich, »er stand vor der Haustür«, und sie verfluchte in Gedanken Zafir, daß er nach ihr gerufen hatte und sie deshalb Christians letzten Satz nicht hatte verstehen können.

Sie öffnete die Mappe und las noch einmal die Geschichte, die sie zuletzt geschrieben und die Matteo so gut gefallen hatte. Im Traum war ihr aus dem Dunkel ein junger Mann entgegengekommen, der sie auf eine Theke aus Eis legte und der sich, während er sich auszog, in eine Sonne verwandelte. Seine Finger waren Sonnenstrahlen. Ein Feuerball drang in sie ein, der sie von den Zehen bis in die Haarspitzen hinein zum Glühen brachte, und am Morgen, als sie aufwachte, hatte sie zwei Stimmen. Eine männliche und eine weibliche. Aber ihr Traum war auch sein Traum gewesen. Sie war von ihrem in den seinen gestürzt, aus dem sie nicht mehr herausfanden. Sie blieben wie in einer Blase zusammen eingeschlossen, und aus ihrer beider Stimmen, die aus demselben Mund kamen, wurde schließlich eine. Diese Stimme war sehr hell wie die eines Kindes, und sie kannte nur ein Wort, und dieses Wort hieß Glück.

Ayse faltete das Blatt und steckte es in das Kuvert, in dem Christian ihr das Gedicht gebracht hatte. Vielleicht würde sie es ihm eines Tages schicken. Schließlich hatte sie die Traumgeschichte für ihn geschrieben. Sie hatte lange überlegt, ob sie den Traum Matteo zum Lesen geben sollte; es war ihr unangenehm, daß er es mißverstehen könnte und vielleicht glaubte, die Geschichte wäre an ihn gerichtet. Aber die Neugier auf seine Reaktion war zu groß gewesen.

Als sie sich heute nach dem Unterricht hinter sein Pult setzte, hatte er sie gelobt und ihr ein Kuvert mit einer Fotografie zugeschoben.

»Ein Geschenk«, hatte er verlegen gesagt.

Ayse war danach verwirrt, aber stolz und mit erhobenem Kopf, aus dem Klassenzimmer gelaufen und mit Christian zusammengeprallt. Zu Hause hatte sie das Foto gerahmt und auf ihren Schreibtisch gestellt. Sie nahm es jetzt in die Hand und betrachtete die große weiße Blüte.

»Die Königin der Nacht blüht nur ein einziges Mal für wenige Stunden«, hatte Matteo ihr erklärt.

Ayse fiel ein, daß die Blume, schon kurz nachdem Matteo das Bild geschossen hatte, verwelkt war. Sie hatte sich auf einem leeren Blatt den Titel »Die Königin der Nacht« notiert, strich ihn jetzt durch und schrieb »Ein schnelles Leben« darüber.

* * *

Ayse kam als letzte in den Garten. Die Gäste saßen in den weißen Rattansesseln oder schlenderten über den Rasen. Auf den Tischen flackerten Windlichter, die in flachen Wasserschalen schwammen. Rund um den Pavillon steckten Fackeln, die in die Dämmerung leuchteten. Junge Frauen mit weißen Schürzen boten Getränke an. Es roch nach frisch gemähtem Gras.

Mit einem Glas Champagner in der Hand ging Ayse auf den Pavillon zu, um Zafir zu suchen, als sie Vaters Stimme hörte. Neben dem Pavillon unterhielt er sich aufgeregt mit einer Gruppe von Männern. Er winkte sie zu sich, denn er war immer stolz darauf, Ayse seinen Freunden und Geschäftspartnern vorstellen zu können. Die Männer nickten ihr anerkennend zu und machten ihr Komplimente, obwohl die Mutter sich alle Mühe gegeben hatte, sie für diesen Abend mit blauen Dreiviertelhosen zu verunstalten.

»Darin sehe ich aus wie zwölf«, hatte Ayse protestiert, als sie dazu obendrein weiße Stoffschuhe anziehen sollte, aber Antaya hatte nicht mit sich reden lassen.

Serkan, von dem Ayse nur wußte, daß er vor langer Zeit einmal ein Geschäftspartner von Vater gewesen war, musterte Ayse mit durchdringendem Blick.

»Sie wird jedes Jahr schöner«, sagte er, zu ihrem Vater gewandt, und strich Ayse dabei über das Haar. Sie aber warf den Kopf zurück, und als er den Widerwillen in ihren Augen bemerkte, lächelte er belustigt. Ein Goldzahn blitzte ihr aus seinem Mund entgegen.

In diesem Moment kam Antaya, zog sie von den Männern fort und stellte ihr eine kleine blonde Frau vor, die Ayse noch nie zuvor gesehen hatte.

89

Sie trug ein Kleid aus anthrazitfarbenem Samt mit tiefem Ausschnitt. Dort, wo der Ansatz ihres mächtigen Busens ein kleines Dreieck bildete, lag eingebettet ein bernsteinfarbenes Medaillon.

»Frau Halbeisen. Direktorin eines der besten Internate in der Schweiz«, sagte Antaya rasch und mußte sich sogleich höflich lächelnd abkehren, um andere Gäste zu begrüßen.

Als sich Frau Halbeisen vorbeugte, wölbte sich Ayse der Busen entgegen.

Wie denn die Schule sei, fragte sie mit leiser Stimme.

»Es ist das beste Gymnasium hier«, sagte Ayse bestimmt, »und es hat die besten Lehrer«, fügte sie hinzu.

Man höre nämlich so allerlei, sagte Frau Halbeisen und senkte dabei lächelnd den Kopf zur Seite, über die miserablen Zustände in den hiesigen Schulen und die zunehmende Gewalt unter Jugendlichen.

»Bei uns herrscht Ruhe und Frieden«, sagte Frau Halbeisen. »Wir sind eine große Familie.« Sie nippte an dem Champagnerglas.

»Sicherlich«, versetzte Ayse erstaunt über ihre Worte, »wir auch«, und wandte sich ab. »Entschuldigen Sie, ich muß zu meinem Bruder ...« Schnell ging sie zu Zafir hinüber, der bei der Magnolie zwischen zwei älteren Damen stand, die auf ihn einredeten, dabei vogelhaft mit ihren Köpfen nickten, als wollten sie auf ihn einpicken.

Plötzlich hörte sie, wie wenige Schritte neben ihr eine unbekannte Frau ihrer Tochter zuzischelte: »So also sieht es bei einem aus, wenn er plötzlich zu Geld gekommen ist«, und sie schnappte mit spitzen Lippen nach der Kirsche, die sie mit einem Zahnstocher aus dem Glas fischte.

Ayse hielt den Atem an. Sie wäre gerne zu ihr hingegangen, um ihr das Glas aus der Hand zu reißen und ihr den klebrigen Inhalt über dem Kopf auszuleeren.

Statt dessen kehrte Ayse den Gästen angewidert den Rücken, schlüpfte unter die Weide und setzte sich auf die kleine Steinbank. Unter dem Blätterdach war es kühl, die Blätter, die sie wie ein Vorhang umgaben, dämpften die Stimmen, die vom Pavillon zu ihr drangen. Ayse zog die Schuhe aus und kratzte mit einem Holzstöckchen ein großes C in die Erde.

Als sie zwischen den Blättern hindurchspähte, erblickte sie ihre Mutter, auf die ein junger Mann temperamentvoll einredete. Sie trug ein lachsfarbenes rückenfreies Kleid, so daß man ihre braungebrannten Schulterblätter sehen konnte, die sich beim Lachen wie Flügel bewegten. Aber jedesmal, wenn sie lachte, senkte sie dabei wie beschämt den Kopf.

Ayse verwischte schnell das C am Boden, als Zafir seinen Kopf durch die Blätter steckte.

»Was machst du da?«

»Nichts«, sagte sie, »mich über die Leute ärgern.«
Zafir setzte sich neben sie auf die Bank.

»Ich würde dich jetzt gerne abkitzeln. Hier im
Gras vor allen Leuten.«

»Hör auf. Laß das«, sagte sie und drückte seinen
Arm weg.

»Die Party ist noch grauenhafter, als ich es be-
fürchtet habe«, sagte Zafir und zündete sich eine Zigarette an.

»Am schlimmsten ist Serkan. Jedesmal, wenn er
mich sieht, fingert er an meinem Haar herum«, sagte
Ayse.

»Wenn Vater ihm nicht sein Vermögen zu verdanken hätte, würde ich ihm eine aufs Maul hauen!« erwiderte Zafir und biß sich auf die Unterlippe.

Inzwischen hatte sich Antaya mit dem jungen
Mann an eines der Tischchen gesetzt. Sie tippte mit
dem Finger die Windlichter an, die wie winzige
Schiffe in der Schale hin und her schwammen.

»Mit wem sitzt Mutter da eigentlich zusammen?«
fragte Ayse.

Zafir legte die Stirn in Falten, als er in ihre Richtung sah.

»Einer, der bei Vater im Büro arbeitet, was macht
denn der da?«

Er wollte aufspringen, aber in diesem Moment erhob sich Antaya und eilte auf den Pavillon zu, wo
Ahmet immer noch mit Serkan redete.

Der Angestellte sah ihr nach, als hätte sie über-

92

raschend die Flucht ergriffen. Er ertränkte ein Windlicht nach dem anderen in der Wasserschale und blickte immer wieder in Antayas Richtung, als würde er darauf warten, daß sie wiederkäme.

»Das werde ich Vater erzählen, dann hat er die Kündigung«, sagte Zafir aufgebracht.

»Er hat doch gar nichts gemacht«, sagte Ayse.

»Aber er würde gern«, versetzte er und schnippte die Zigarette gegen die Blätter. »Ich hole uns einen Drink«, sagte er dann und stürzte davon.

Ayse zog die Beine an. Der Garten kam ihr jetzt vor wie ein Laufgitter. Sie dachte an Antaya, wie sie beim Lachen den Kopf gesenkt hatte, als würde sie sich dafür schämen.

Ohne von jemandem bemerkt zu werden, verließ Ayse den Garten.

Ata bewohnte den ausgebauten Dachboden. Sie hatte ihren freien Abend. Die Tür stand einen Spaltbreit offen, und Ayse wollte schon klopfen, als sie aus dem Zimmer Atas Stimme vernahm. Sie schien mit jemandem zu sprechen.

Ayse spähte neugierig durch den Spalt und rührte sich nicht.

Bei Ata gab es keine Stühle, und den Tisch bildete eine runde Kupferplatte, um die herum Kissen lagen. Dort saß Ata auf ihren roten Kelimkissen über ein Schachbrett gebeugt und spielte gegen sich selbst. Ihr Gegenüber war ein großes leeres Kissen.

»Das war der falsche Zug, Erkan«, sagte sie zu dem Kissen.

»Hallo«, sagte Ayse verlegen und steckte den Kopf durch den Türspalt, »darf ich stören?«

Überrascht blickte Ata auf. »Ayse!« rief sie erfreut und schob das Schachbrett zur Seite.

Ayse setzte sich zögernd auf das Kissen. »Erkan wird es verzeihen«, sagte Ata lachend, »ich stelle mir nämlich oft vor, er sitzt da, und wir spielen eine Partie Schach, so wie damals, als er noch lebte. Aber weil er ein schlechter Verlierer war, laß ich ihn heute gewinnen.«

Sie goß Ayse Tee ins Glas. Mit einem kleinen silbernen Löffel rührte Ayse die Blätter um und blickte auf das Spielbrett mit den quadratischen schwarzen und weißen Feldern.

»Solltest du nicht unten bei den Gästen sein?« fragte Ata.

Ayse schüttelte den Kopf und trank den süßen schwarzen Tee.

»Denkst du denn jeden Tag an ihn?« fragte sie.

»Er lebt, solange ich mich an ihn erinnere«, erklärte Ata, »ich spreche mit ihm, als wäre er noch da, und ich weiß, er hört mich.«

»Ich werde auch an dich denken, wenn du tot bist«, sagte Ayse.

»Das will ich hoffen«, sagte Ata und räumte die Schachfiguren vom Brett. »Du wirst die einzige sein.«

94

»Kann man ein Leben lang denselben Menschen lieben?« Ayse drückte sich in die Kissen hinein und umklammerte mit beiden Händen das Glas.

»Es gibt eine Art von Liebe, die ist wie ein Nachtfalter, der sich ins Licht stürzt und verbrennt.«

»Dann sind Ahmet und Antaya schon längst verbrannt«, sagte Ayse trocken.

»Wie kannst du so was sagen?« Ata rührte so heftig im Tee, daß der Löffel mit einem hellen Klang an das Glas schlug.

»Du mußt deinen Eltern verzeihen«, sagte sie nach einer Weile nachdenklich und zog Ayse an sich.

Ayse fröstelte, plötzlich fühlte sie sich krank und rollte sich neben Ata zusammen, den Kopf auf ihrem Knie. Ata legte schweigend die Hand auf ihre heiße Stirn.

Durch das offene Dachfenster konnten sie Stimmen und vergnügtes Lachen aus dem Garten hören. Ein Schwarm Krähen zog schwarze Kreise am Himmel, bis sie plötzlich in alle Richtungen auseinanderflogen wie zerstobene Asche im Wind.

* * *

Sezen hielt die Kamera in den Händen, drehte sie und hob sie wie ein Baby in die Höhe.

Sie roch wie eine blühende Wiese, im Haar hatte sie kleine Spangen mit Schmetterlingen.

»Ich hab's geschafft«, sagte sie stolz. »Jetzt fängt das Leben an.«

Ayse lehnte ihr gegenüber an der Wand, mit dem Rücken zum Fenster.

»Ausgezogen und weg.« Sezen seufzte. »Du glaubst nicht, wie schön es ist, aufzuwachen, weil er mir den Hals küßt, und dann gemeinsam – langsam in den Morgen zu schaukeln.«

»Hmm«, Ayse wippte nervös mit dem Fuß. »Wie macht ihr es, ich meine, stöhnst du, schreist du oder bist du ganz still?« fragte sie schließlich.

»Ich lache«, sagte Sezen. »So laut, daß die Nachbarn klopfen.«

»Du lachst?«

»Ja, und weil er morgen nicht arbeitet und wir dann den ganzen Tag Zeit haben, es zu machen, komme ich nicht zur Schule.«

»Ich dachte, morgen haben wir ein Shooting?« sagte Ayse enttäuscht.

»Morgen nicht. Er will mit mir an einen See fahren. Ich habe es noch nie draußen getan. Stell dir vor, wir beide nackt in der Sonne!«

Ayse biß sich auf die Lippen und blickte zu Boden.

»Hör doch auf, wie verrückt mit dem Fuß zu wippen«, sagte Sezen und packte ihr Fußgelenk. »Hier«, sagte sie dann und warf ihr ein Kuvert zu. Es waren die Fotos die sie von Christian gemacht hatte. »Kannst sie dir übers Bett hängen. Mal sehen, was Zafir dazu sagt.«

96

Sie zündete sich eine Zigarette an und blickte träumend dem Rauch nach.

Ayse beugte sich vor und nahm ihr die Zigarette aus den Fingern.

»He, das ist nicht gut für dich«, sagte Sezen protestierend. Aber Ayse sog den Rauch tief ein. Ein angenehmer Schwindel überkam sie, sie lehnte den Kopf an die Wand und schloß die Augen. Unten vom Hof hörte sie Lachen und Stimmen; jemand rief: »Mach, daß du wegkommst!«

* * *

Zafir ist gegangen. Ich habe beobachtet, wie er über den Rasen rannte und die Mauer hochkletterte. Manchmal verschwindet er mitten in der Nacht, ohne etwas zu sagen. Aber ich weiß, daß er sich mit seinen Freunden trifft, um sich irgendwo mit Sigis Leuten zu prügeln. Ich werde nicht schlafen können, bis ich ihn lebend wiedersehe. Beim letztenmal kehrte er um vier Uhr morgens mit einer zerrissenen Jacke zurück; er hatte er eine blutende Wunde am Kopf. Er war so betrunken, daß er kaum aufrecht gehen konnte. Ich habe ihn ins Badezimmer geschleppt. Das Desinfektionsmittel brannte so, daß er sich die Fingernägel in die Haut bohrte, um nicht aufzuschreien. Er meinte, er tue das alles nur für mich und die Familie.

»Ich werde ihnen Respekt beibringen«, sagte er immer wieder.

»Sei lieber still«, sagte ich und habe ihn in sein Bett gebracht.

»Bleib bitte hier«, flehte er, »geh nicht weg.«

»Schlaf endlich«, sagte ich und küßte ihn auf die Stirn. Dann schloß ich die Tür.

Am nächsten Tag konnte er sich an nichts mehr erinnern. Bei Tisch erzählte er abends, er hätte sich beim Sportunterricht verletzt. Sein ganzes Gesicht war zerkratzt. Ich habe ihm versprochen, Vater und Mutter von seinen nächtlichen Ausflügen nichts zu sagen.

Auch jetzt wieder schlafen sie friedlich in ihren Betten, während Zafir irgendwo da draußen zusammengeschlagen wird. Ich weiß nicht, ob Christian auch dabei ist. Aber ich kann ihn mir nicht vorstellen, wie er mit Zafir kämpft. Das ist unmöglich. Ich habe die Fotos vor mir. Sein Blick sucht nicht nach einem Gegner. Ich könnte ihn die ganze Nacht anschauen. Ich weiß nicht, wie es ist, eine fremde Haut zu berühren. Sezen liegt jetzt neben einem warmen Körper. Sie haben sich in den Schlaf geschaukelt und halten sich fest. Bestimmt träumt man auch das gleiche, wenn man so nahe nebeneinander liegt. Ich hoffe, daß Christian ein guter Träumer ist.

Ich lasse das Fenster offen, damit ich es nicht verpasse, wenn Zafir zurückkommt. Ich darf nicht einschlafen, bis er wieder hier ist. Im Fernseher schlafen sie auch nie. Das Mädchen wird es nie müde, durch die Clubs zu rennen. Es ist immer irgendwo eine Feier, bei der ich zusehen kann. Manchmal tanze ich

98

mit, auf Zehenspitzen, damit es niemand hört. Sie strecken ihre Arme in die Höhe wie Sieger.

* * *

Im dritten Stock eines Hochhauses öffnete Sigi das Sicherheitsschloß seiner Wohnungstür. Christian und Scheitel traten hinter ihm in den Flur.

»Fühlt euch wie zu Hause«, sagte Sigi und verschwand im Bad. Im Wohnzimmer warf sich Scheitel auf das dunkelbraune Ledersofa.

»Mein Gott, war das eine Schlacht«, stöhnt er. »Meine Haare sind ganz durcheinander.« Scheitel zog einen kleinen Taschenspiegel aus der Hosentasche, um die Frisur zu richten.

Die Jalousien waren heruntergelassen. Ein rotgemusterter Lampenschirm verbreitete düsteres Licht. Über dem Sofa hing eine Reichsfahne. Neben dem Fernseher stapelten sich Videokassetten. Auf dem kleinen Sofatisch stand ein großer metallener Aschenbecher mit einem Adler.

»Eine Antiquität«, sagte Scheitel, als er merkte, wie Christian den Aschenbecher anstarrte.

»Enorm häßlich, das Ding«, erwiderte Christian.

Scheitel zuckte mit den Schultern. »Ich kenne einen, der hat die ganze Wohnung mit solchem Zeug vollgestopft. Zu Hause läuft er nur in einer Uniform herum«, sagte er, wie um sich zu rechtfertigen.

99

»Aha«, sagte Christian nur und ging zu einem Regal, in dem er etliche Magazine, »Der Waffenfreund«, entdeckte, Pokale, Sportabzeichen und ein Foto von Sigis Mutter. Sie hatte die gleichen kleinen hellen Augen.

Sigi kam, frisch geduscht, in einem weißen Bademantel zurück und ließ sich neben Scheitel aufs Sofa fallen. Der Geruch nach Rasierwasser verteilte sich im ganzen Zimmer. Sigi legte die Füße auf den Tisch und atmete tief ein.

»Das war das erste und letzte Mal«, sagte er ruhig. Christian blickte ihn fragend an. »... daß einer von uns ins Krankenhaus gebracht wird.«

Christian hatte sich vorgenommen, Sigi einen Brief zu schreiben, in dem er ihm erklären wollte, daß er von nun an nicht mehr zu seinen Leuten gehören könne. Er hatte sich gerade an den Schreibtisch gesetzt, als Sigi anrief und ihn bat, sofort zur S-Bahn-Unterführung zu kommen, es sei sehr dringend. Als Christian dort eintraf, landete er mitten in einer Schlägerei.

Jetzt saß er in Sigis Wohnung wie in einer Falle. Die Decke drehte sich über ihm. Es war, als würden die Wände näher kommen und sich wieder entfernen.

Er hörte noch Pauls Schmerzensschrei. Mit einem gebrochenen Arm und blutendem Kopf hatte er sich am Boden gewälzt. Zafirs Leute waren darauf unter Siegesgeheul abgezogen. Zu dritt hat-

ten sie Paul von dem Gelände weggetragen wie
einen Gefallenen, und es war ihnen sehr lange vor-
gekommen, bis sie an einer Straße ein Taxi anhalten
konnten. Sigi hatte geflucht über diese Stadt, in der
nie ein Taxi kam, wenn man eines brauchte. Auf
dem Rücksitz hatten sie Paul quer ausgestreckt hin-
gelegt, den Kopf auf Christians Knie. Der Ärmel
der Jacke war zerrissen. Christian wußte nicht, wie
er Pauls verrenkten Arm berühren sollte, und hatte,
um ihn zu beruhigen, die Hand auf Pauls Stirn gelegt.

»Mein Kopf zerspringt«, flüsterte Paul, Tränen liefen ihm über die Wangen, das Licht der Ampeln und
der Straßenlaternen huschte in roten und weißen
Streifen wie farbige Schatten über sein Gesicht.

»Komm schon«, hatte Christian ihm zugeredet,
»gleich sind wir da.«

Sie hatten ihn vor dem Krankenhaus abgeladen.
Christian wollte mit ihm hineingehen, aber Sigi
hatte ihn zurückgehalten.

»Wir müssen abhauen«, hatte er gesagt, »Paul
kommt schon selber klar«, und hatte den Taxifahrer
gebeten, gleich weiterzufahren.

Sigi nahm die Fernbedienung vom Tisch und
zappte durch die Sender. Auf einem sahen sie eine
junge Frau mit einem Mikrofon, gehetzt und un-
unterbrochen redend, durch einen Club rennen.
Am Rand der Halle stand ein Mädchen, das wie
Ayse aussah.

»Halt, warte«, rief Christian, als Sigi auf einen anderen Sender schalten wollte, und beugte sich näher zum Bildschirm, aber das Mädchen, war schon wieder weg.

»Ich dachte, ich kenne jemanden«, sagte Christian. »Wahrscheinlich eine Halluzination.«

Sigi stellte den Ton ab.

»Ich hab was, das ganz bestimmt keine Halluzination ist«, sagte er und sprang vom Sofa auf. »Ich muß euch etwas zeigen.« Er ging aus dem Zimmer, und als er zurückkam, hielt er die Hände hinter dem Rücken versteckt

»Welche Hand?« fragte Sigi, zu Christian gewandt.

»Beide«, sagte er, worauf Sigi in die Knie ging und mit einer Pistole auf den Bildschirm zielte.

Scheitel kreischte: »Ist die echt?«

»Echt geladen«, antwortete Sigi kühl und gab Christian die Pistole. Sie lag kalt und schwer in seiner Hand. Mit dem Zeigefinger fühlte er den Abzug.

»He, gib mal her.«

Scheitel betrachtete die Pistole fasziniert von allen Seiten.

»Geiles Ding, nicht wahr«, sagte Sigi und nahm sie wieder an sich. Er streckte den Arm aus und richtete den Lauf erst auf den Bildschirm, dann auf das Foto seiner Mutter und dann auf sich selbst. Christian wich zurück, starrte ihn von der Seite an, und wie er Sigi im weißen Bademantel dasitzen sah, nach Rasierwasser duftend, den Pistolenlauf an seiner Schläfe, traute er ihm alles zu.

Scheitel kicherte nervös.

»Der erste Schuß ist für Zafir«, sagte Sigi schließlich und legte die Pistole auf den Tisch, »den hat er sich heute abend verdient.«

»Ja, genau«, rief Scheitel, »Zafir muß büßen.«

»Hört doch auf!« sagte Christian laut. Er verschränkte die Arme vor der Brust, wie um sich zu schützen. Es war ihm übel, und er wollte endlich aus dieser Wohnung verschwinden, aber er war zu müde, um aufzustehen.

»Ich würde mit einem Maschinengewehr in die Schule hineinrennen und einfach alles abknallen, was sich bewegt«, sagte Scheitel. »Gründlich aufräumen, versteht ihr. So, wie das die Jungs in Amerika machen.«

Eine Strähne hing ihm in die glänzende Stirn.

»Du bist ja völlig betrunken. Ich bringe dich ins Bett«, sagte Sigi und zog ihn vom Sofa hoch.

»Ich bin überhaupt nicht betrunken«, rief Scheitel, torkelte zur Tür, drehte sich um sich selbst und rief, mit dem Zeigefinger auf unsichtbare Feinde zielend: »Abknallen! Einfach alle abknallen!«

Sigi packte Scheitel am Oberarm. »Ist ja gut«, sagte er, löschte das Licht und führte ihn nach nebenan ins Schlafzimmer.

Christian rollte sich auf dem Sofa zusammen.

103

Eine Weile hörte er noch Scheitels betrunkene Stimme aus dem Nebenzimmer.

Im Dunkeln konnte er die Umrisse des Adlers sehen. Das scharfe Profil. Es war Christian, als würde er ihn anstarren. Er drehte sich auf die andere Seite und drückte sein Gesicht ins Polster.

Im Traum stürzte sich der Adler auf ihn. Christian versuchte wegzurennen, aber der Adler fiel wie ein riesiger Schatten vom Himmel, und Christian verschwand in seinen kalten metallenen Schwingen.

Beim Erwachen aus diesem Alptraum schlug er um sich, wie wenn er mit einem gefährlichen Gegner kämpfte. Christian stieß vor Schreck einen Schrei aus. Es lag wirklich etwas auf seinem Gesicht. Die Reichsfahne war von der Wand gerutscht und auf ihn hinuntergefallen.

Mit einem Satz sprang er vom Sofa auf.

»Blödes Ding«, sagte er, als er die zerknitterte Fahne am Boden sah, und kickte sie in die Ecke. Auf dem Tisch lag noch immer die Pistole. Von draußen hörte er die Sirene eines Krankenwagens. Hinter den Jalousien blitzte das blaue Licht ins Zimmer. Schnell flüchtete er aus der Wohnung.

Draußen war es kühler geworden. Christian ging rasch, die Hände in den Hosentaschen versenkt. Er spiegelte sich in den gläsernen Fassaden der menschenleeren hohen Bürogebäude. In der Ferne blinkten die Lichter des Fernsehturms. Hin und wieder fuhr ein Taxi an ihm vorbei.

Auf der anderen Straßenseite hörte er aus einer Bar einen tiefen Baß, durch das Schaufenster sah er das helle Licht und die Silhouetten der Menschen, als hätten sich die Schlaflosen dieser Nacht dort zusammengefunden. Christian blieb kurz stehen und überlegte, ob er hineingehen und sich schnell und gründlich betrinken sollte, als dort ein Lehrer herauskam, den er in der Schule auf dem Flur schon mal gesehen hatte. Er hatte den Jackenkragen hochgeschlagen; eine Zigarette im Mundwinkel, eilte er die Straße hoch.

Christian kehrte um und ging die lange Ausfallstraße entlang, bis er endlich zur Kastanienstraße kam. Bei der Baustelle schob er sich durch ein Lücke im Zaun, stand auf einem Baggerkopf und kletterte von dort auf den Container. Von hier aus konnte er über die Mauer blicken. Das Haus war dunkel, nur im Eckfenster seines Zimmers sah er blau flackerndes Fernsehlicht. Christian hockte auf dem Dach des Containers und starrte zum Fenster empor. Irgendwann wird sie daran vorbeigehen, sagte er sich, und wenn es nur eine Sekunde ist, und er nahm sich vor, nicht einzuschlafen oder wieder wegzugehen, bis er sie gesehen hatte.

* * *

Zum erstenmal sitze ich alleine in der Kabine. Ich rauche Sezens Zigaretten, die sie hier deponiert hat.

Sezen ist fort, irgendwo draußen an einem See, wo der Himmel weit ist. Im Klassenzimmer ist der Stuhl neben mir leer. Sezen hat gesagt, daß wir das Shooting verschieben, aber ich weiß, daß sie nicht wieder zu mir zurückkehren und keine Zeit mehr für mich haben wird. Zwischen uns wird es nie wieder so sein, wie es war. Ich würde alles tun, was ich könnte, um wie Sezen zu sein.

Vielleicht schwimmt sie jetzt auf dem Rücken, verdrängt mit den Armen das Wasser um sich herum und weiß, daß am Ufer jemand liegt, der auf sie wartet. Es ist besser, wenn jemand am Ufer ist und auf einen wartet. Sezen würde nie auf jemanden warten, weil sie immer die erste ist, die durchs Ziel rennt.

Zafir ist gestern erst im Morgengrauen nach Hause gekommen.

»Denen haben wir's gegeben«, hat er nur gesagt und sich in den Kleidern aufs Bett geworfen.

Paul liegt mit einer Gehirnerschütterung und einem gebrochenen Arm im Krankenhaus. Die Schule hat sich in zwei Lager geteilt, und die Kastanien bilden jetzt eine unüberwindbare Grenze.

Als ich Christian heute früh gesehen habe, war er bleich und hatte Ringe unter den Augen. Er ist gleich im Schulhaus verschwunden, als ob er sich verstecken wollte. Ich konnte ihn auch später im Hof nirgends mehr entdecken.

✳ ✳ ✳

Ayse wußte nicht, was Matteo von ihr wollte, als er ihr die Adresse seines Ateliers aufgeschrieben und sie gebeten hatte, am Nachmittag bei ihm vorbeizukommen. Wie ein Dieb hatte sie sich aus dem Haus geschlichen. Noch nie hatten sie sich außerhalb der Schule getroffen. Neugierig und ängstlich zugleich, machte sie sich auf den Weg.

Die Straße lag weitab in einem Industriegebiet. Aus einem Lüftungsschacht stieg die warme stickige Luft der U-Bahn auf. Das Gitter vibrierte unter Ayses Füßen. Sie kam an einem Parkplatz vorbei und durch ein Tor in einen schmutzigen Hof. Ein kalter Heizkessel stand im Eingang. Die Wände waren feucht. Abgebröckelter Putz und zerdrückte Getränkedosen lagen auf den Treppenstufen. An einer Tür hing eine Notiz. »I'm a loser, Baby. So, why don't you kill me?«

Matteos Atelier befand sich im obersten Stock. Die Wohnungstür war nur angelehnt. Ayse trat in einen hellen offenen Raum. Eine hohe Fensterfront erstreckte sich über die ganze Fläche des Ateliers.

Man blickte auf den Fluß und die Fabrikgebäude gegenüber.

Das Atelier war fast leer. Nur in der Mitte stand ein großer langer Tisch, auf dem sich Papier stapelte. Matteo saß hinter seinem Computer. Im Hintergrund bemerkte sie eine spanische Wand aus dunklem lackiertem Holz.

Schüchtern blieb Ayse im Türrahmen stehen.

»Komm herein«, sagte Matteo und erhob sich.

An der Wand gegenüber der Fensterfront hing ihr Gedicht.

»Bist du fertig geworden?« fragte sie, mit Blick auf das Manuskript, das auf dem Tisch lag.

»Nein«, sagte er, »und ich werde es wegwerfen. Ich fange von vorn an. Mit allem.«

Ayse ging zum Fenster. Eine Entenfamilie ließ sich den Fluß abwärts treiben.

Wie aus weiter Ferne hörte sie Matteos Stimme und daß er Ende des Schuljahres die Schule verlassen werde.

Die Zunge lag Ayse wie ein Gewicht im Mund, das ihr den Kopf nach unten zog.

Sie schwieg. Die Sonne zerbrach im Wasser in tausend Stücke, die sich spiegelten, ein Teppich aus Glas.

»Ich werde eine Reise machen«, sagte er. »Ich weiß noch nicht, wohin und wann ich zurückkehren werde.«

Sie hörte, wie er näher kam. Er stellte sich hinter sie und legte die Hände auf ihre Schultern. Sie fühlte den sanften Druck seiner Finger auf ihren Schlüsselbeinen. Sie wehrte ihn nicht ab, blieb reglos stehen, ohne zu atmen, und betrachtete das einzige Foto auf der Fensterbank. Das Portrait einer jungen Frau mit langem schwarzem Haar: Sie blickte überrascht, staunend wie ein Kind.

»Meine Frau, kurz bevor sie starb«, sagte Matteo,

108

nahm ruhig das Bild in die Hand und stellte es behutsam wieder hin.

Ayse fragte nicht, woran sie gestorben war. Es reichte ihr, zu wissen, daß sie in Matteos Erinnerungen noch lebte.

»Es hat auch etwas Gutes, daß ich gehe«, sagte Matteo.

»Bis das Schuljahr zu Ende ist, könntest du nur tagsüber herkommen. Aber sobald ich verreist bin, kannst du hier sein, wann immer du willst. Bis ich zurück bin«, sagte Matteo und lächelte. »Komm«, sagte er und nahm Ayse bei der Hand. Er zeigte ihr die kleine Kochnische, das Bad mit einer alten Wanne mit Löwenfüßen.

Neben dem Bett hinter der spanische Wand war eine Musikanlage. Bücher lagen überall am Boden herum.

Ayse wollte eines aufheben, da entdeckte sie neben dem Bett einen Teppich. Sie bückte sich und berührte den wollenen Flor. Er war kleiner als der Wandteppich zu Hause, und die Knoten waren weniger eng geknüpft, aber er hatte das gleiche Motiv mit kämpfenden Leoparden in der Mitte.

»Sie hatte ihn ausgesucht. Er ist das einzige, was ich aus dieser Zeit behalten habe.« Matteo strich nachdenklich mit der Hand darüber, als würde er ihn streicheln. »Ich stehe nie darauf«, sagte er, »manchmal, wenn ich nicht schlafen kann, gehe ich darum herum und betrachte ihn von allen Seiten.«

Ayse sah in Matteos Gesicht, wie in Zeitlupe krochen sie über den Teppich aufeinander zu. Matteo nahm ihr Kinn in die Hand und bog leicht ihren Kopf zurück.

Sie fühlte die Wärme seines Atems auf der Haut, als seine Lippen ihre Stirn berührten. Eine ganze Weile verharrten sie so, ohne sich zu bewegen, die Leoparden unter ihnen.

»Geh jetzt«, sagte er leise, »geh.«

Ayse hielt den Schlüssel zu Matteos Atelier wie einen Rettungsring am Finger, als sie in der U-Bahn saß, um nach Hause zu fahren. Vor ihr belegten zwei Pärchen die Bank. Außen saßen die Mädchen, die Beine auf den Knien der Jungs ausgestreckt. Einer hatte die Hand unter das Hosenbein geschoben und streichelte den Unterschenkel seiner Freundin. Zu viert lagen sie da, wie eine Skulptur ineinandergegossen. Die Tüte mit Marshmallows machte die Runde. Sie schmatzten laut.

»Ich freue mich schon, wenn wir alle zusammen in den Urlaub fahren«, sagte einer der Jungs.

»Ich verspreche auch, mit euch allen zu schlafen.«

»Es wird dir auch nichts anderes übrigbleiben«, sagte das Mädchen, das sich den Unterschenkel streicheln ließ, und leckte sich den Zuckerstaub von den Fingern. Sie schienen die anderen Fahrgäste gar nicht zu bemerken, sie waren miteinander in abgeschlossener Zusammengehörigkeit vereint.

Ayse fuhr eine Station zu weit. Mit rotem Kopf stieg sie aus. Sie wäre am liebsten mit ihnen weitergefahren und blickte dem Wagen nach, wie er im Tunnel verschwand.

* * *

Ayse schob das Bett aus dem Halbschatten des Zimmers und rückte es ans Fenster. Sie öffnete einen Fensterflügel und legte sich nackt auf die weiße Steppdecke in den warmen Sonnenstrahl. Das Bett war ein Sonnenfloß. Ihre Blicke wanderten über den Stuck am Plafond und die Girlanden aus Gips zum Lüster, dessen Kristallkugeln winzige regenbogenfarbene Flecken an die Wand und auf ihr Gesicht warfen. Ihr schwarzes Schamhaar war warm von der Sonne. Sie hielt sich selber daran fest und stellte sich vor, es wäre Christians Hand. Die feinen Haare auf ihrem Körper richteten sich auf. Der Fensterflügel schlug an die Wand, die seidenen Vorhänge bauschten sich und wehten ins Zimmer hinein. Die Sonne schien über dem Wipfel der Silberweide auf sie hinunter. Ihre Strahlen waren Zungen, die sich durch das offene Fenster über ihren Körper schoben, langsam in sie eindrangen, sich zu einem Feuerball verbanden, an ihrem Unterleib hochrollten, sie von innen wärmten, bis sie aufglühte ... als es heftig an der Tür klopfte.

Genervt rollte Ayse vom Bett und zog sich hastig

an. »Nie hat man seine Ruhe in diesem Haus«, rief sie verärgert. Im Hemd, mit bloßen Beinen, öffnete sie die Tür.

»Es tut mir leid«, sagte Ata aufgeregt , »aber das hier ist für dich gekommen.« Sie überreichte ihr einen Eilbrief ohne Absender. Ata blieb stehen und schien zu erwarten, daß sie den Brief aufmachte, um ihn ihr vorzulesen.

»Ach, der ist bestimmt von Sezen«, sagte Ayse nur, »wegen einer Verabredung, die wir verschoben haben.«

»Ach so«, sagte Ata enttäuscht; aber Ayse schloß schnell die Tür, setzte sich an den Tisch und riß das Kuvert auf.

Liebe Ayse!
Ich habe noch nie einen Brief geschrieben. Aber es bleibt mir jetzt nichts anderes übrig. Leider können wir nicht miteinander reden, auf dem Schulhof scheinst Du Dich nicht blicken zu lassen. Ich weiß nicht, wo Du Dich im Schulhaus versteckst und warum. Du hast ein seltsames Talent zu verschwinden.

Aber es ist überhaupt besser, wenn wir uns im Schulhaus nicht begegnen, wo uns die anderen sehen könnten.

Wenn meine Eltern wüßten, wer Du bist, würden sie mir verbieten, Dich zu treffen. So wie Zafir Dir verbieten wird, mich zu sehen.

112

Es ist sinnlos, zu denken, daß sie sich ändern, meine Eltern jedenfalls bestimmt nicht. Aber das ist mir egal.

Seit ich Dich damals bei Sezen gesehen habe, kann ich Dich nicht mehr vergessen. Ich weiß, daß Du in dem Zimmer lebst, in dem ich aufgewachsen bin. Wenn Du aus dem Fenster blickst, siehst Du dasselbe wie ich früher. Das Haus ist jetzt viel schöner. Aber wir hatten damals Glück, überhaupt in so einem Haus zu wohnen.

Ich kann Dir nicht sagen, wie verzweifelt ich bin. Ich kann Dir nur sagen, daß ich Dich sehen will. Wir könnten uns morgen um vier Uhr beim Fernsehturm treffen. Dort wird uns niemand beobachten. Ich hoffe sehr, daß Du da sein wirst.

Christian

※ ※ ※

Beim Abendessen aß Ayse dreimal soviel wie sonst.

»Wie hungrig du bist«, sagte der Vater verwundert, »und wie schön sie heute ist«, fügte er hinzu.

Auch Zafir war gut gelaunt. Er würde einen Kurs in Selbstverteidigung bezahlt bekommen.

»Ich möchte mal wissen, für was du das brauchst«, sagte die Mutter.

»Es kann nicht schaden«, meinte Ahmet.

»Allerdings, es läuft viel Gesindel da draußen

herum«, betonte Zafir und zeigte dabei zur Tür, als ob sich dahinter eine ganze Armee von Feinden befände.

»Ja, und ich werde an dich denken, wenn du tot bist«, sagte Ayse im Scherz und trat ihn unter dem Tisch mit dem Fuß.

Später klopfte Ayse an seine Zimmertür. Zafir lag in den Kleidern auf dem Bett, die Hände hinter dem Kopf verschränkt. Über dem Bett hing das Poster eines Basketballspielers, der im Sprung, den sehnigen Arm gestreckt, den Ball ins Netz warf. Auf dem Boden lagen Hanteln, umgekrempelte T-Shirts und Magazine herum. Ein Tennisracket war unter das Bett geschoben, als ob es nicht mehr gebraucht würde.

Ayse hockte sich im Schneidersitz aufs Bettende. Zafir wollte ihr von dem Kampf erzählen, aber sie winkte ab.

»Ach, hör doch auf«, versetzte Ayse. »Glaub ja nicht, daß Sigi deshalb Respekt vor dir bekommt, er wird es dir bei der nächsten Gelegenheit heimzahlen.«

»Soll er«, sagte Zafir gleichgültig.

Ayse packte Zafirs schwarze Locken und schüttelte seinen Kopf. »Wirst du endlich vernünftig werden?« zischte sie. Er richtete sich auf und boxte ihr gegen die Schulter, worauf sie mit einem Kissen auf ihn einschlug und es ihm ins Gesicht drückte. Sie setzte sich auf ihn und preßte mit beiden Händen das Kissen fester, so daß sie ihn nur noch dumpf schreien hörte.

»Ich habe gewonnen«, rief sie auf ihn hinunter und streckte die Arme in die Höhe.

»Ich hasse dich«, kam es von unten.

»Ich hasse dich auch«, sagte Ayse.

Sie lachten.

»Du hast mich schon als Kind beinahe umgebracht.«

»Was?«

»Damals in den Ferien, als ich krank wurde. Du hast mich angesteckt. Du hast mich immer angesteckt mit deinen Krankheiten«, sagte Zafir vorwurfsvoll.

»Das habe ich absichtlich getan.«

»Warum?«

»Damit ich dich trösten konnte.«

Ayse nahm seinen Kopf in ihre Hände wie damals, als sie noch klein gewesen waren.

»Da draußen ist die Hölle los«, sagte Zafir plötzlich.

Ayse schwieg.

»Aber ich werde auf dich aufpassen«, rief Zafir, als sie vom Bett aufstand und zur Tür ging. Es klang wie ein Versprechen und eine Drohung zugleich.

✳ ✳ ✳

115

Diesmal schlossen sie die Fenster. Die Köpfe zusammengesteckt, lasen sie Christians Brief. Er war schon ganz zerknittert, weil Ayse auf ihm geschlafen hatte. Vor Aufregung rauchten sie zusammen ein halbes Päckchen Zigaretten. Die Kabine war eine verrauchte Höhle.

»Dieser Brief«, sagte Sezen und hielt ihn mit Daumen und Zeigefinger wie eine Trophäe in die Höhe, »ist dein Ticket ins Glück.«

Ayse nahm den Brief an sich und las ihn noch einmal.

»Und wie war dein Ausflug?«

Sezen lackierte ihre Fingernägel mit Black Rose und pfiff dabei leise durch die Zähne.

»Leider ist er sehr kamerascheu. Aber während er am Strand gepennt hat, habe ich heimlich Aktfotos gemacht«, sagte sie verheißungsvoll, »dir werde ich alles zeigen, alles.«

Sie kicherten und kamen zu spät in den Unterricht.

* * *

Ayse verbrachte die Stunden vor dem Treffen im Badezimmer. In der Wanne liegend, betrachtete sie die weißblauen Fliesen, die sich in einem Wellenmuster als Fries entlangzogen. Auf dem Wasser erhoben sich Schaumhügel, Schneeberge, die sie mit der Hand vergnügt flach klatschte. Im Badezimmer

116

duftete es nach Lavendel und Sandelholz. Es war Antayas Geruch. Schon die Kleiderschränke hatten so gerochen, wenn Ayse als Kind hineingekrochen war und in Antayas Kleidern gewühlt hatte. Wenn sie erwachsen sein würde, wollte sie genau so riechen, aber nun störte es sie, daß ihre Kleider und Haare nach Antaya rochen.

Fasziniert hatte sie früher die Flakons und Puderdosen in die Hände genommen. Einmal hatte sie einen Schluck aus einem Fläschchen mit Rosenwasser gekostet, und Antaya hatte sie schimpfend aus dem Badezimmer gejagt. Inzwischen hatte Ayse, mit Erlaubnis von Antaya, ihre eigenen Fläschchen, die sie wie die Skyline einer Großstadt auf der Glaskonsole aufstellte.

Als Ayse das Badezimmer verließ, stellte sie befriedigt fest, daß ihr eigener Geruch den der Mutter langsam verdrängte.

✳ ✳ ✳

Auf dem Platz vor dem Fernsehturm sammelten sich Familien mit ungeduldigen Kindern und Touristen, die in Gruppen zum Eingang strömten. Es war ein windiger Tag. Papiertüten flogen herum, leere Getränkedosen kullerten scheppernd in den Rinnstein. Die Geschäfte in den S-Bahnbögen hatten ihre Türen dennoch weit geöffnet, vor einem Café saßen sogar Leute an kleinen Chromstahltischen.

Christian und Ayse blickten sich um, als fürchteten sie, verfolgt zu werden, und gingen schnell zum Fahrstuhl. Eingeklemmt zwischen Müttern und Kindern schossen sie zweihundert Meter in die Höhe, und bei jedem Meter, den sie den Boden der Stadt verließen, fühlte sich Ayse leichter und sicherer. In der Panoramakugel, setzten sie sich an einen der schmalen Tische an der Fensterfront.

Der Raum war erfüllt von Kindergeschrei, dem süßlichen Geruch nach Waffeln und Limonade.

»Von hier können wir in jede Himmelsrichtung sehen, ohne den Platz zu wechseln«, sagte Christian.

Die Panoramakugel drehte sich langsam.

Es war ein klarer Tag, sie hatten Fernsicht bis fast über die Stadt hinaus. Aber Ayse fiel nichts ein, was sie hätte sagen können, und sie biß an ihren Fingernägeln herum.

»Ich wollte dich die ganze Zeit wiedersehen«, sagte Christian.

»Ich dich auch«, erwiderte Ayse schnell. »Ich muß jetzt immer daran denken, daß du in meinem Zimmer gelebt hast.«

»Irgendwie waren wir schon verbunden, bevor wir uns zum erstenmal gesehen haben«, sagte er und zupfte die Eiskarte aus dem Halter. »Du hast ein Haar im Mund«, sagte Christian plötzlich, als sich beide über die Karte beugten. Seine Finger berührten für Sekunden ihre Lippen, während er ihr das

Haar entfernte. Ayse räusperte sich und wurde rot. Christian winkte den Kellner heran.

Sie bestellten jeder etwas anderes, damit sie tauschen konnten. Ihre langstieligen Löffel kreuzten sich über dem Tisch, um in den Becher des anderen zu tauchen.

»Du bist plötzlich verschwunden«, sagte er, »damals bei der Party.«

»Ja, ich mußte nach Hause«, sagte Ayse wie entschuldigend, »ich darf nie lange wegbleiben.«

Christian nickte, und Ayse erzählte ihm von der Kabine, in der sie sich in der Pause mit Sezen versteckte.

»Und ich dachte, du hast dich in Luft aufgelöst.« Sie lachten.

Langsam ließ Ayse das Eis im Mund zergehen und blickte Christian dabei in die Augen. Sie senkte den Kopf. Ein kleines Mädchen mit einem Ballon in der Hand trat an ihren Tisch und glotzte sie schweigend an.

»Wie heißt du?« fragte Christian und beugte sich zu dem Kind hinunter, aber es gab keine Antwort. Ayse hielt ihm den winzigen Puppenschirm hin, der als Dekoration in der Eiskugel steckte. Die Mutter zog das Mädchen mit sich fort.

»Wir könnten uns an einem Ort treffen, wo uns niemand stören wird«, sagte Ayse zögernd. »Ich habe eine Wohnung …«

Christian blickte sie erstaunt an.

119

»Die eines Freundes«, fügte sie hinzu.

Ayse schrieb ihm die Adresse auf eine Serviette, die Christian sorgfältig zusammenfaltete und lächelnd, wie einen unerwarteten Gewinn, in die Tasche steckte. Sie verabredeten sich für Sonntagnachmittag.

»Aber es ist ein geheimer Ort, niemand darf davon erfahren«, insistierte Ayse.

»Es wird unser Geheimnis bleiben.« Christian nahm, wie um sie zu beruhigen, ihre Hand in die seine. Mit dem Fingernagel fuhr Ayse die Linien nach.

»Die Handfläche ist wie eine Straßenkarte«, sagte Ayse. Die Köpfe zusammengesteckt, Stirn an Stirn, betrachteten sie die Linien und Verzweigungen auf ihren Händen. Sie blieben lange dort sitzen, und es war fast niemand mehr da, als sie den Fernsehturm an diesem Tag verließen.

Im Fahrstuhl standen sie Seite an Seite, Ayse konnte den leichten Druck seines Armes an dem ihren spüren, sie wäre gerne noch lange so neben Christian stehengeblieben und bedauerte es, als der Fahrstuhl sich öffnete und sie hinaus mußten, um sich zu trennen.

Es gab keine Möglichkeit, an ihm vorbeizukommen. Sie gingen direkt auf ihn zu. Zafir stand an die Litfaßsäule gelehnt und lächelte finster. Neben ihm lag ein zerknülltes Zigarettenpäckchen am Boden.

»Hier treiben wir uns also herum«, sagte er zu Ayse.

Christian wich zuerst einen Schritt zurück.

»Es ist ... ähh, wir ...«, stotterte er, stellte sich dann aber schützend vor Ayse.

»Geh mir aus den Augen!« sagte Zafir warnend und stieß ihn brüsk zur Seite, packte Ayse am Arm und brachte sie zum Wagen, den er neben dem Fernsehturm im Parkverbot abgestellt hatte. Fluchend zerriß er den Strafzettel, der unter dem Scheibenwischer klemmte, warf ihn in den Rinnstein und raste mit aufheulendem Motor davon.

»Glaubst du wirklich, du kannst deinem Bruder etwas verheimlichen?« Seine Nasenflügel bebten.

»Ich habe genau gesehen, wie aufgebrezelt du das Haus verlassen hast. Und ich hatte mich schon gewundert, warum du die ganze Zeit in deinem Zimmer pfeifst und singst, als hättest du einen Preis gewonnen.«

Ayse rückte so weit wie möglich von ihm weg.

»Was habt ihr die ganze Zeit da oben gemacht, hä?«

»Nichts«, antwortete Ayse leise.

Zafir stoppte ruckartig vor einer roten Ampel. Ayse hielt sich fest.

»Nichts?« brüllte er so laut, daß Ayse zusammenzuckte. Er schüttelte sie an der Schulter.

»Was habt ihr gemacht«, wiederholte er wie ver-

121

zweifelt, während er seinen Arm ausstreckte. Ayse sah seine Hand, die größer wurde und auf sie herunterzustürzen drohte und im letzten Moment vor ihrem Gesicht in der Luft hängenblieb. Als wäre er selber überrascht, ließ er sie sinken. Zafir legte seinen Kopf auf das Lenkrad, das er jetzt umklammerte, wie um sich daran festzuhalten. Seine Schultern vibrierten, während er weinte.

»Das darfst du nicht tun«, sagte er immer wieder, »das darfst du nicht.«

* * *

»Was ist denn hier los?« fragte Ata verwundert, einen Wäschekorb im Arm, als Zafir mit Ayse ins Haus stürmte.

»Steh hier nicht herum«, herrschte Zafir sie an.

Im Wohnzimmer drückte Zafir Ayse in das Sofa. Nachdenklich ging er vor ihr auf und ab, die Hände auf dem Rücken verschränkt.

»Bitte, ich ... verspreche ... nie wieder. Sag es ihnen nicht«, flehte Ayse stotternd.

Zafir steckte sich eine Zigarette an, nahm einen tiefen Zug, ohne Ayse anzusehen, und drückte sie wieder aus. »Warte hier«, sagte er tonlos, »und rühr dich nicht von der Stelle.«

Ayse starrte auf die angerauchte Zigarette, die im Aschenbecher lag wie ein gebrochener Finger.

* * *

Sie haben es getan. Das ist nicht der richtige Umgang für dich, behaupten sie und haben mir verboten, Christian wiederzusehen. Sie wollten seinen Nachnamen wissen, und Mutter war empört, weil ich ihn immer noch nicht kannte. Was interessiert mich sein Nachname? Sie stellen die falschen Fragen. Aber das ist jetzt gleichgültig, sie haben sich geeinigt. Das Eßzimmer war ein Gerichtssaal. Und Vater hat das Glas mit der Löwenmilch auf den Tisch gestellt wie einen Richterhammer. Ich darf überhaupt nicht mehr weg, selbst Sezen darf ich nicht mehr sehen. So lange, bis ich mich wieder beruhigt habe, sagen sie. So lange, bis ich Christian vergessen habe. Aber ich werde ihn niemals vergessen und am Sonntag trotzdem hingehen. Ich lasse laut den Fernseher laufen, schleiche mich durch den Garten und klettere ganz hinten bei dem großen Stein über die Mauer, an der Stelle, wo auch Zafir immer verschwindet. Ich habe den Schlüssel zu Matteos Atelier. Sie können mich nicht hindern. Niemand kann mich hindern. Sie stehen um mich herum wie Felsen, ich aber werde über sie hinwegklettern und sie alle überwinden. Ich verstehe nicht, warum die Menschen, die ich am meisten liebe, gleichzeitig meine größten Feinde sind.

Sie wissen nicht, wer ich bin.

※ ※ ※

Der Himmel war bedeckt, als Ayse am Sonntag die Straße hinunter zur U-Bahn-Station rannte.

Christian erwartete sie schon. Ungeduldig ging er vor dem Tor auf und ab. Zur Begrüßung küßten sie sich hastig auf die Wangen, eilten über den Hinterhof wie Flüchtende vor dem Tageslicht, die es nicht erwarten konnten, in ihr Versteck zu kommen.

Etwas verwundert stieg Christian hinter Ayse die Treppe hoch. »Hier?« fragte er, als sie oben ankamen.

Ayse war so aufgeregt, daß ihr der Schlüssel aus der Hand glitt. Christian hob ihn auf und öffnete die Tür. Das Tageslicht fiel in Streifen durch die Fenster.

»Wow«, rief Christian aus, »das ist ja riesig.«

Stolz schritt Ayse durch den Raum. Christian blickte sich verwundert um.

»Was ist das eigentlich für ein Freund?« fragte er, während er das Gedicht an der Wand las.

»Ein Schriftsteller«, antwortete Ayse. »Ich darf am Sonntagnachmittag herkommen, und später, wenn er auf Weltreise geht, wann immer ich will. So lange, bis er zurückkehrt.«

Christian nickte und ging zum Fenster.

»Auch ich will eines Tages eine Weltreise machen«, sagte er

»Wir könnten ja zusammen abhauen«, sagte sie

Sie stand so nahe neben ihm am Fenster, daß sie seinen Atem zu hören glaubte.

Möwen flogen dicht an der Scheibe vorbei, die spitzen Schwingen wie flüchtig in die Luft skizziert.

Christian legte seinen Kopf auf Ayses Schulter und umfaßte unsicher ihre Taille. Aber Ayse drückte seine Hände fest an ihren Körper. Doch als seine Hände sich bewegten und ihre Taille aufwärts krochen, riß sie sich los.

»Warte, ich komme gleich wieder«, sagte sie und eilte ins Badezimmer.

Vor Nervosität zitterten ihre Hände. Ayse blickte in den Spiegel und versuchte mit kaltem Wasser die Schamröte vom Gesicht zu waschen. Um Zeit zu gewinnen, ließ sie das Wasser laufen und setzte sich auf den Badewannenrand.

»Ayse?« Es klopfte an die Tür.

»Ich komme gleich«, rief sie zurück.

»Aber warum sitzt du auf dem Badewannenrand und starrst vor dich hin?«

Ayse stand erschrocken auf. Christian lachte.

»Ich kann dich sehen.«

Ayse kniete vor der Tür nieder und blickte durchs Schlüsselloch direkt in Christians Auge.

»Versprich mir, nie abzuhauen.« Es war, als ob sein Auge spräche.

»Ich will dich nie wieder verlieren.« Ayse war zurückgewichen, Christian stieß die Tür auf, legte seine Arme um sie und preßte ihren Kopf an seine Brust.

»Ich weiß nicht, wie es geht«, sagte sie unsicher.

»Ich auch nicht«, sagte er und küßte ihre Handflächen. Sie waren naß vor Angst und Neugierde.

»Ich glaub ich habe Fieber«, flüsterte Ayse.

»Ich auch«, murmelte Christian und legte die Hand erst auf ihre und dann auf seine Stirne.

Sanft hob er sie hoch und trug sie auf den Armen hinter die spanische Wand.

Schnell zogen sie sich aus, ohne einander dabei anzusehen, als trauten sie sich nicht, und krochen unter die Decke.

»Was machst du?« flüsterte sie.

»Ich weiß nicht«, antwortete er, preßte Ayse fest an sich und schob seine Zunge in ihren Mund. Er roch nach Apfel. Sie drückte ihn von sich weg, zog ihn sofort wieder an sich, klammerte sich an seiner Schulter fest. Seine Haut schmeckte salzig.

Ayse strampelten das Laken weg und rutschte zu Boden auf den Teppich.

»Es ist wie sterben«, sagte sie.

»Es ist wie leben«, sagte er und rollte von ihr fort.

Benommen berührte sie mit der Hand ihr Gesicht, wie um zu fühlen, ob es noch da war. Neben ihr lag Christian, die Augen geschlossen, tief atmend wie im Schlaf.

Ayse wollte nach ihrer Hose greifen, die umgestülpt am Bettende lag, als sie auf dem Teppich den Blutfleck sah.

»Der Teppich ist heilig!« rief sie verzweifelt.

Christian setzte sich ebenfalls auf und blickte auf den Blutfleck.

»Jetzt ist er noch heiliger«, sagte Christian.

126

Aber Ayse rannte ins Badezimmer und kam mit einem nassen Tuch zurück. Auf den Knien schrubbte sie an dem Blutfleck herum, doch das Auge des Leoparden wurde immer dunkler.

Christian drehte indessen an den Knöpfen der Musikanlage herum.

Er stellte das Radio an und ging zum Kühlschrank, wo er eine Flasche Rotwein entdeckte.

Nackt saßen sie auf dem Bett, sangen laut zur Musik im Radio mit. Vor dem Fenster wurde es dunkler.

»Ich muß gehen«, sagte Ayse plötzlich und zog sich hastig an.

In einer Woche, am gleichen Tag, zur gleichen Zeit wollten sie sich wieder treffen.

Vor dem Tor umarmten sie einander. Ayse vergrub das Gesicht an seinem Hals und hörte den Lärm der Stadt wie eine ferne Brandung.

* * *

Ayse ging aufrechter, wie nach einer bestandenen Mutprobe. In den Nächten hatte sie das Hemd an, das sie bei ihrem Treffen getragen hatte. Es roch noch nach Christian. Ata hatte das Hemd schon in die Wäsche werfen wollen, aber Ayse hatte es ihr entsetzt wieder aus der Hand genommen.

»Es ist doch ganz verschwitzt«, hatte Ata eingewendet.

»Nein, es duftet!« hatte Ayse protestiert.

An den freien Nachmittagen lag Ayse träumend im Garten herum, und wenn Zafir auftauchte, tat sie, als ob sie konzentriert lesen würde. Sie ließ sich ihr Glück nicht anmerken und pfiff und sang so leise, daß es niemand hören konnte. Sie zählte die Stunden, bis sie Christian wiedersehen würde.

»Jetzt sind wir wieder gleich«, sagte sie zu Sezen, und während Sezen in der Kabine die Wände mit den Fotos ihres Freundes zuklebte, ritzte Ayse ihr Gedicht in die Toilettentür. Sie machte kleine Striche, wie im Gefängnis, und wenn sie aus dem Fenster lehnte, sah Christian jetzt manchmal rasch hoch, und sie winkten sich verstohlen zu oder gaben sich geheime Zeichen. Christian ging Zafir aus dem Weg und vermied es, in seine Richtung zu blicken. Paul, der inzwischen aus dem Krankenhaus entlassen worden war, den Arm im Gips, schlich wie eine Warnung um Zafirs Leute herum.

»Der Kleine will uns was sagen«, riefen sie lachend, »reit vom Hof!«, und Zafir machte eine Bewegung, wie um eine Fliege zu verscheuchen.

Aber als Ayse und Sezen am Mittwochmorgen in die Schule kamen, hörten sie schon von weitem laute Stimmen und Geschrei. An der Fassade des Schulgebäudes stand in großen roten Buchstaben »Rache« geschrieben. Sigi, Paul und Scheitel standen stumm am Rand. Zafir spuckte zwischen den Zähnen verächtlich auf den Boden.

Ayse stöhnte, »hört das denn nie auf«, und Sezen nahm ihre Kamera aus der Tasche, machte schnell ein paar Bilder und schob sich dann mit Ayse an der diskutierenden Menge vorbei ins Gebäude.

* * *

Am späten Nachmittag servierte Ata den Tee im Garten. Die ganze Familie hatte es sich in den Rattansesseln im leichten Schatten der Magnolie bequem gemacht. Nur Antaya nahm ihr erstes Sonnenbad und lag im Bikini im Liegestuhl, neben sich eine Wasserflasche. Ihre olivfarbene Haut glänzte vom Sonnenöl. Der Himmel war von einem dünnen grauen Dunstschleier überzogen, und es blendete, ohne daß man die Sonne sehen konnte. Die Magnolie stand jetzt in voller Blüte, ihr süßlicher Geruch lag schwer in der warmen Luft und schien alle noch tiefer in ihre Sessel zu drücken.

Zafir starrte versunken auf das Display seines Mobiltelefons, versandte Kurznachrichten und wartete auf Antworten.

Ayse blätterte in einem Magazin, während sie mit einer Hand wie blind in die Schale mit den Dattelbrötchen griff und sich eines nach dem anderen in den Mund schob, als Zafir sie plötzlich mißtrauisch von der Seite musterte.

»Was ist, was schaust du mich so an?« fragte sie, ohne von ihrem Magazin aufzublicken.

129

»Nichts, nichts«, sagte er. »Es scheint dir ja nicht viel auszumachen, zu Hause zu bleiben.«

»Zu Hause ist es ja auch am schönsten«, sagte sie kauend und räkelte sich im Sessel.

»Und was ist mit Christian?«

»Nicht gut genug«, sagte sie knapp und las scheinbar gleichgültig in ihrem Magazin weiter.

Ahmet blätterte raschelnd eine Zeitungsseite um.

»Was macht eigentlich deine Freundin?« fragte Antaya wie beiläufig, das Gesicht gen Himmel gestreckt, ohne sich zu rühren.

»Ach, Sezen. Die hat sowieso keine Zeit mehr für mich. Sie rennt durch die Gegend und fotografiert.«

»Nun, dann wird es dir ja nicht so schwerfallen«, versetzte Antaya.

Ayse senkte das Magazin und legte die Stirn in Falten. »Was soll das heißen?«

Zafir seufzte. »Ich dachte, wir wollen das beim Abendessen besprechen«, sagte er. Der Dreiklang seines Telefons meldete eine eingegangene Nachricht. »Sie hat zurückgeschrieben!« rief er erfreut, als Ayse ihm das Telefon aus der Hand nahm.

»*Was* wollen wir erst beim Abendessen besprechen?« fragte sie scharf.

»He, was soll das, gib es her«, rief Zafir empört und versuchte vergeblich, das Telefon wieder an sich zu nehmen.

»Hört sofort zu streiten auf!« sagte Ahmet laut. Er räusperte sich. »Es gibt keinen Grund, die Sache aufzuschieben«, sagte er und blickte dabei Antaya an, als warte er auf ihre Zustimmung. Sie nickte und schraubte den Deckel der Wasserflasche auf. Ahmet lehnte sich zurück und faltete langsam knisternd die Zeitung zusammen.

»Deine Mutter und ich haben schon lange darüber nachgedacht, daß eine gewöhnliche Schule nicht das richtige für dich ist. Wir haben jetzt endlich einen Platz für dich an einem besseren Ort gefunden. Es ist sehr teuer, aber das ist uns deine Zukunft wert«, sagte er bestimmt zu Ayse.

Ayse blickte ihn fragend an.

Ahmet stand auf, ging ins Haus hinein und kam kurz darauf mit einem Prospekt zurück. »Hier«, sagte er und streckte ihn Ayse entgegen.

»Das exklusive Mädcheninternat in der Schweiz«, las Ayse auf dem Umschlag.

»Du hast Frau Halbeisen ja schon kennengelernt«, sagte Antaya lächelnd. »Sie freut sich sehr auf dich.«

Ayse hielt die Unterlagen in den Händen wie ein Todesurteil.

»Freust du dich denn nicht?« fragte Ahmet.

Ayse schluckte. »Doch, doch, es ist nur irgendwie …«

»Wir wollten es dir erst sagen, wenn alles schon organisiert ist. Das kommt vielleicht etwas plötzlich für dich«, sagte Ahmet mitfühlend. Und zu Antaya gewandt: »Sie muß sich erst an den Gedanken gewöhnen.«

Ata brachte frischen Tee. Auch sie lächelte Ayse zu. »Die alpine Luft wird dir bestimmt guttun«, sagte sie aufmunternd.

»Wenn du nicht gehen willst, gehe ich«, sagte Zafir scherzend, »ich wollte schon immer mal in ein Mädcheninternat.«

Auf der letzten Seite des Prospekts entdeckte Ayse Fotos vom »Leben im Internat«. Ein Mädchen lag lesend auf dem Bett. Vor dem offenen Fenster konnte man verschneite Tannen sehen. Auf einem anderen Bild drei Mädchen, die fröhlich in die Kamera lachten.

Ayse hatte die Sonnenbrille auf, und niemand konnte ihre Tränen sehen, während sie schweigend im Hochglanz-Prospekt ihrer verkauften Zukunft blätterte.

* * *

Gegen Abend hatte der Himmel sich verdüstert. Die Dämmerung war früher hereingebrochen als sonst, und bereits beim Abendessen waren die Fenster schwarz wie in tiefer Nacht. Antaya hatte über starke Kopfschmerzen geklagt und sich noch vor dem Nachtisch in ihr Zimmer zurückgezogen. Alle hatten geschwiegen, nur das Geklapper der Bestecke war zu hören.

»Es wird ein Gewitter geben«, sagte Ahmet. »Schließt die Fenster heute nacht.«

132

Zurück in ihrem Zimmer, zählte Ayse, am offenen Fenster stehend, die Sekunden, in denen die Blitze dem Donner folgten und die Finsternis zerrissen. Man sah noch die Stellen, wo ihre Sessel gestanden und kleine Abdrücke im Rasen hinterlassen hatten. Irgendwo schlug ein Fensterladen laut klappernd gegen die Außenmauer, als der Regen mit einem hellen Klang auf das gläserne Dach des Pavillons klatschte und rauschend auf die Blätter der Bäume prasselte. Die Äste der Magnolie bogen sich, als kämpften sie gegen den Regen, der ihnen die Blütenköpfe abzuschlagen drohte.

»Noch vier Nächte, bis wir uns wiedersehen«, dachte Ayse, »noch zwei Monate, bis ich von hier fortgebracht werde.« Ayse fröstelte, das Hemd klebte naß auf ihrer Haut, die Regentropfen liefen an ihrem Hals herunter in die Rinne zwischen ihren Brüsten, die in der Kälte noch fester wurden. Die Brustwarzen wurden hart und drückten gegen den Stoff. Ayse ließ das Fenster offen, der Regen spritze an der Fensterbank ab, und im Nieselschauer setzte sie sich an den Schreibtisch.

Ich weiß nicht, wie lange sie es schon geplant haben und sich ohne mein Wissen darüber Gedanken machen, wie sie mich am besten loswerden. Alle haben es gewußt, sogar Ata. Aber sie hat kein Wort gesagt. Niemand hat sich verraten. Meine Zeit ist ihr Besitz. Sie verfügen darüber wie über eine Sache, für die sie

133

*bezahlt haben. Sie meinen es gut, stolz sollte ich sein
und dankbar, hat Ata gesagt. Es ist eines der besten Internate in der Schweiz. Nach den Sommerferien wollen sie mich hinbringen, weit weg von hier in die
Berge.*

*Christian ist wie ein Stück Land, das ich bebaue, je-
der bebaut den andern, und uns zu trennen würde
Verwüstungen hervorrufen, das Land würde verdor-
ren und ich nichts als ein Haufen toter Erde sein.*

Es war eine halbe Stunde vor Mitternacht, und Ayse
wollte gerade zu Bett gehen, als sie hörte, wie Zafir
im Nebenzimmer die Tür öffnete. Auf Zehenspitzen schlich sie ihm hinterher, die Treppe hinunter.
In einer Regenjacke und in Turnschuhen schob er
im Wohnzimmer leise die Tür zum Garten auf. Ayse
stand neben dem Kamin.

»Zafir«, flüsterte sie, »wo gehst du hin?«

Er drehte sich um und streckte flehend die Hände
empor. »Geh ins Bett«, sagte er, »was schleichst du
mir nach?«

»Wo gehst du hin«, wiederholte sie, diesmal lauter.

»Hör zu, ich habe was zu erledigen.« Er atmete
schwer.

Zafir stand mit dem Rücken zur Tür, halb im
Dunkeln, das Mondlicht schnitt sein Gesicht in
zwei Hälften. Ayse konnte nur das linke dunkelbraune Auge erkennen, während das andere im

Dunkeln verborgen blieb. Wie aus der Ferne kam seine Hand auf sie zu und streichelte ihre Wange.

»Alles wird gut«, sagte er. »Ich muß jetzt gehen.«

»Nein, bleib hier. Ich dachte, wir könnten noch über das Internat sprechen«, sagte sie und zupfte an seinem Ärmel, wie um ihn festzuhalten.

Aber Zafir hatte sich schon losgerissen; den Kopf unter der Kapuze, rannte er gebeugt durch den Regen über den Rasen und verschwand zwischen den Bäumen in der Nacht.

Das blaue Fernsehlicht flackerte wie ein nie erlöschendes Feuer in Ayses Zimmer. Den Kopf auf die Hände gestützt, lag sie am Boden. Auf dem Bildschirm rannte ein Pärchen Hand in Hand über einen Strand, Autos rasten über Leitplanken tiefe Abhänge hinab. Irgendwo erschoß ein Mann seine Frau und dann sich selbst. Ein Vulkan brach aus, tiefrote Lava wälzte sich lautlos und bedrohlich durch ein Tal, und auf einem anderen Sender standen ein Mann und eine Frau auf einem Hügel, und Ayse hörte ihn sagen, während er mit ausgestrecktem Arm in die Ferne zeigte: »Da hinter den grünen Bergen liegt San Francisco, und das schönste daran ist, daß man es nicht sieht.«

Ayse stellte den Ton ab, drückte auf die Farbtaste und entzog den Bildern langsam die Farbe: Das Rot verschwand von den Lippen der Frauen, der Himmel wurde grau, die Bäume schwarz. Das Mädchen,

135

das durch den Club rannte, wurde blaß, die Besucher tanzten in farblosem Licht, und schwarzweiß wirkte es, als wäre das alles schon Vergangenheit. Trotzdem war es eine Momentaufnahme ihrer Jugend, und Ayse dachte, daß sie alle würden sterben müssen und jeder einen Tod hatte, den er mit sich herumtrug, den sie nur vergessen hatten, obwohl es doch das einzige war, was sie alle miteinander verband. Wie im Zeitraffer sah Ayse ihr Leben vorbeigehen, sie sah die Hochzeiten und darauffolgenden Scheidungen und die jungen Frauen in ihrer abgerichteten Schönheit davonstolzieren. Die Wohnungen und das Kindergeschrei. Die Urlaube und die geerbten Häuser. Während über allem ein Uhrzeiger wie ein richtender Finger lautlos seine Kreise zog. Und dann dachte sie wieder an das Mädchen, das sich vom Dach der Schule gestürzt hatte, an das Geräusch der kratzenden Kreide, die ihren verrenkten Körper auf dem Boden nachzeichnete, den Umriß eines Schattens, bevor man ihn wegwischte.

Später zerriß Ayse den Internatsprospekt, warf ihn in den Papierkorb und breitete eine Weltkarte auf dem Boden aus. Der Regen hatte noch nicht aufgehört, aber er war jetzt ein beruhigendes leises Rauschen vor dem Fenster, und Ayse saß wie geborgen über die Weltkarte gebeugt, fuhr mit dem Finger über die grünen Flächen, betrachtete die Farben der

Meere, Hügelketten, Gletscher und die rot einge-
kreisten Ballungszentren, und sie sagte die Namen
vor sich hin, »Feuerland, Timbuktu, Shanghai«. Sie
hörte den Nachklang der Namen wie ein Rufen
aus der Ferne, ein großes Versprechen, und sie
wünschte, in den Klang und die Farben dieser Namen gründlich hineinzustürzen, so wie das Mädchen vom Dach gestürzt war, ohne Abschied und
ohne Wiedersehen.

Die Meridiane spannten sich wie ein Netz um die
Welt, ein Sprungtuch, das sie in die Luft werfen und
wieder auffangen würde. Die Zimmerwände waren
jetzt tot, und das Haus gehörte ihr sowenig, wie es
Christian gehört hatte. Irgendwann wird eine andere Familie in das Haus einziehen und das Dach jemand anderen schützen.

Ayse richtete sich auf, als ein Steinchen gegen ihr
Fenster knallte.

Sie lehnte sich hinaus, atmete die Nachtluft, die
kühl war und wie gewaschen.

»Zafir?« rief sie leise hinunter, aber in diesem Moment erkannte sie, daß es Christian war, der dort
unten im Regen, zusammengekauert wie ein verletztes Tier, auf der Erde lag. Ayse rannte die Treppe
hinunter und schob leise die Tür auf. Christian kam
zitternd aus dem Dunkeln auf sie zu. Seine Kleider
waren durchnäßt und verdreckt. Das nasse Haar
klebte ihm am Kopf. Er hatte Abschürfungen im
Gesicht und Blut an den Händen.

137

Christian starrte sie an.

»Komm herein«, flüsterte sie.

»Nein«, sagte er und machte einen Schritt zurück, »ich muß gehen, ich bin gekommen, um mich zu verabschieden. Ich muß dich verlassen. Wir werden uns nie mehr wiedersehen.«

* * *

Ayse packte ein paar Kleider in ihre Sporttasche, legte das blaue Buch, Matteos Schlüssel und die Weltkarte dazu. In der Küche nahm sie das Haushaltsgeld und das Notgeld aus der silbernen Dose, die Ata im Geschirrschrank aufbewahrte, und steckte es in eine Hosentasche ihrer Jeans.

Leise stieg sie die Treppe zum Dachboden empor. Eine Weile lehnte Ayse mit dem Rücken an der Tür. Sie hörte das Versetzen der Schachfiguren auf dem Brett und Atas warme tiefe Stimme: »Aber diesmal lasse ich dich nicht gewinnen!« Dann ging sie hinunter in Zafirs Zimmer. Das Bett war noch unberührt, auf dem Tisch lagen die Schulbücher, Stifte, ein angebissener Apfel. Am Boden schmutzige Kleider, die Ata morgen wegräumen würde.

Aus dem Elternschlafzimmer war kein Laut zu hören. Lange blieb Ayse davor stehen. Plötzlich drehte sie sich um und ging.

Es war noch dunkel, als Ayse um vier Uhr morgens über den nassen Rasen eilte. Das Gras glänzte,

und die duftenden, weit geöffneten Magnolienblü-
ten hingen nach der Regennacht wie betrunken von
den Ästen. Sie blickte noch einmal kurz zurück auf
das schlafende dunkle Haus und kletterte dann
schnell über die Mauer.

Die Bahnhofshalle war fast leer. Hinter dem gläsernen Dach konnte Christian den untergehenden
Mond sehen. Eine Taube hinkte übers Gleis. Irgendwo wurde eine Lokomotive umrangiert. Ein
paar Gleisarbeiter in orangefarbenen Overalls gingen vorbei. Christian stand vor der Tafel mit den
Abfahrtszeiten. Er trug eine blaue Kapuzenjacke
und hatte einen kleinen Rucksack um die Schulter
gehängt. Mit der Hand umklammerte er den Rie-
men des Rucksacks. Christian war bleich, aber er
lächelte, als er Ayse durch die Eingangshalle kommen sah.

»Bist du auch ganz sicher?« fragte er noch einmal
eindringlich. »Und was du versprochen hast, gilt?«

Ayse nickte. Dann nahm er sie bei der Hand und
zog sie mit sich fort. Niemand beachtete sie, wie sie
in den kalten Zug stiegen.

»Bald wird es warm«, sagte Christian zu Ayse, als
sie sich in eines der leeren Abteile setzten. Unter
dem Knarren und Quietschen der Chassis setzte
sich der Zug in Bewegung. Aus dem Fenster sahen
sie noch einmal den Fernsehturm, die roten Lichter,
die wie Signale in die Ferne blinkten. Im rhythmi-

schen Rattern der Räder, die rasch schneller wurden, verließen sie noch vor Sonnenaufgang die Stadt. Christian hatte den Arm um Ayse gelegt, aneinandergedrückt, fühlten sie das Herz des anderen schlagen. Den Kopf auf seiner Schulter, schlief Ayse ein. Christian legte ihren Kopf auf seine Knie und deckte sie mit seiner Jacke zu. Mit beiden Händen hielt er ihren Kopf, der sich im Rhythmus des Zuges hin und her bewegte, und einmal bückte er sich über sie und küßte ihre Stirn. Der Schaffner kam, und Christian streckte ihm die Tickets entgegen, ohne ihn anzusehen. Im Morgendämmer glitt die Landschaft vorbei, und später, in einem Tunnel, sah er sich im Fenster gespiegelt. Wie verschreckt, als würde er von sich selbst verfolgt, wandte er sich ab und zog die Kapuze über den Kopf. Ayses schlafender Körper lag warm neben ihm, er schloß die Augen und drückte sie an sich, ängstlich fast, als könnte sie sich sonst auflösen und für immer verschwinden.

Es war fünf vor zwölf, als sie in Basel die Grenze passierten.

»Wo sind wir«, fragte sie verwirrt, rieb sich die Augen und streckte sich.

»Wir müssen umsteigen«, sagte er.

Auf dem Schweizer Bahnhof wechselten sie den Bahnsteig, es war das hinterste Gleis am Ende einer Passage. Obwohl die Sonne schien, fuhr ein kalter eisiger Wind durch die Passage, fröstelnd schlugen

140

sie ihre Jackenkragen hoch. Am Boden saß ein Akkordeonspieler, die Augen geschlossen.

»Er spielt blind«, sagte Ayse, blieb kurz stehen und warf eine Münze in den aufgeklappten Koffer. Aber Christian nahm sie ungeduldig bei der Hand und eilte mit ihr die Rampe zu den Gleisen hoch. Hinten auf dem Bahnsteig war ein Warenlift, in den ein junger Mann Postpakete hineinschob, der, sowie er Christian und Ayse bemerkte, lächelnd die Hand hob, als ob er ihnen zuwinkte.

»Wer ist das?« fragte sie.

»Komm jetzt«, sagte Christian und schob sie schnell die Treppe in den Zug hoch.

Der Zug war schon fast voll besetzt, aber in einem Abteil, in dem eine laut redende italienische Familie saß, fanden sie noch zwei Plätze. Die Italiener nickten ihnen freundlich zu und führten das Gespräch mit zunehmender Lautstärke fort. Ein kleiner Junge rannte den Gang entlang, kehrte am Ende des Waggons um, kam kreischend in das Abteil zurück und krabbelte auf den Schoß der Mutter. Sie drückte ihn in den Sitz und packte eine Tüte mit Brot, Käse und Früchten aus. Wie selbstverständlich verteilte sie Servietten auch an Christian und Ayse, die das Essen dankbar hungrig entgegennahmen. Sie saßen sich gegenüber und berührten sich mit den Füßen in stillschweigendem Einverständnis. Mit einem Messer schälte die Mutter Orangen. Der Geruch verbreitete sich im ganzen Abteil. Der Junge stellte sich vor Ayse auf und fragte sie etwas, was sie nicht verstand. Statt einer Antwort faltete sie aus der Serviette einen Vogel, den sie ihm schenkte. Er stieg auf die Sitzbank.

»Marco, siediti subito!« rief die Mutter, aber er zog das Fenster herunter und ließ den Papiervogel hinausgleiten. Marco klatschte vor Vergnügen in die Hände und hüpfte auf der Sitzbank herum. Auch Christian faltete einen Vogel und streckte ihn Marco hin, der ihn juchzend sofort wieder fliegen ließ. Schließlich faltete Ayse aus allen Servietten Papiervögel, die einer nach dem anderen aus dem Zugfenster segelten und vom Fahrtwind davongetragen wurden.

Am späten Nachmittag kamen sie in Bellinzona an.

»Viel Glück«, rief die Mutter ihnen noch hinterher, und Marco weinte und strampelte in ihren Armen, als Christian und Ayse davonrannten, um den nächsten Zug nicht zu verpassen.

Es war hier wärmer, die Luft war so mild, daß sie ihre Jacken auszogen und sie um die Hüften banden. Auf der Nordseite Locarnos erhoben sich grün und dunkel die Berge, sie verschmolzen zu einem riesigen Rücken, der den Wind abfing und die kleine Stadt am See beschützte. Ein breites Seebecken erstreckte sich, umgeben von kleinen Dörfern und Hügeln, zwischen den Ausläufern des Alpenbogens in den Süden. Hand in Hand spazierten Christian und Ayse die Uferpromenade entlang. Im Westen das Piemont, im Osten die Lombardei – nur eine kurze Schiffahrt entfernt lag Italien. Palmen und Oleanderbüsche säumten die Promenade, und auf dem Rasen lagerten Liebespaare und Menschen, die lasen, schliefen oder telefonierten, während sie über das Wasser blickten. Tret- und Segelboote kreuzten den See, und an den Bootsanlegestellen warteten kleine Ausflugsdampfer auf Passagiere. Christian und Ayse kamen an einem dieser Bootsstege vorbei, als sich gerade eine Gruppe junger Leute dort versammelte.

»Ab nach Italien!« rief einer, und sie blieben stehen und blickten ihnen sehnsüchtig nach, wie sie fröhlich an Deck gingen.

»Komm, wir müssen weiter, bevor die Sonne untergeht«, sagte Christian und deutete zur Bergseite, die sich mächtig und dunkel hinter ihnen erhob. Zögerlich kehrten sie dem See den Rücken.

Am Busbahnhof las Ayse jedes Richtungsschild und alle Namen der Dörfer, aber sie konnte sich nicht mehr erinnern, in welchem sie damals als Kind gewesen war.

»Wie kommen wir denn in die Berge?« fragte Christian einen Busfahrer, der hinter dem Steuer saß und Zeitung las.

»Alle Busse fahren da hoch«, antwortete er mürrisch, ohne aufzublicken.

Schließlich setzten sie sich in einem Bus auf die

hintersten Plätze, ohne zu wissen, wohin er sie bringen würde. Schnell verschwand der See hinter den dichten Kastanienwäldern. Sie fuhren durch ein Tal, in dem sich tief unten ein Fluß in unzähligen Bogen und Kurven durch die Landschaft schlängelte. Manchmal wurde er schmal und das Wasser dunkelgrün, um gleich darauf wieder breit zu werden und die großen weißen Steine bloßzulegen, auf denen sich Menschen in der Sonne räkelten. Sie winkten, wenn der Bus an ihnen vorbeifuhr, und die Kinder kreischten noch lauter, die auf Luftmatratzen oder auf großen schwarzen Autoreifen die Stromschnellen hinuntersausten.

Der Bus fuhr immer tiefer in die dunklen Täler hinein, an Häusern mit silbergrauen Schieferdächern vorüber, die an steilen Hängen voller Weinreben kleine Dörfer bildeten. Ein Wasserfall stürzte aus einer Felsspalte in die Tiefe und rauschte an den Busfenstern vorbei. Sie drückten die Nasen an der Scheibe flach und starrten ängstlich in den Abgrund, der sich wenige Zentimeter neben dem Bus auftat. Der Fahrer fuhr schnell und knapp in die Kurven. Unter schmalen Brücken öffneten sich Schluchten, gewaltiges dunkles Gestein wurde umtost von weißschäumenden Bächen. Überall waren jetzt Steinschlag- oder Badeverbotsschilder angebracht. Überhängende Laubbäume und dorniges Dickicht säumten die schmale, holprige Straße.

Die anderen Fahrgäste waren alte Menschen mit verwitterten Gesichtern, der vorbeiziehenden Landschaft gleich. Sie musterten die Fremden neugierig, und Christian hätte gerne einen von ihnen gefragt, wo sie eigentlich hinfuhren, aber er fürchtete, sie würden seine Sprache nicht verstehen, und ließ es bleiben.

»Hier hinten wird uns niemand finden«, flüsterte Ayse.

»Freiwillig kommt kein Mensch hierher«, sagte Christian und lächelte, als wären sie gerettet.

Es war schon Abend, als der Bus weit oben in einem Dorf kurz vor der italienischen Grenze anhielt. Die Menschen eilten zielstrebig in ihre Häuser, nur Christian und Ayse standen am Straßenrand. Der Bus kehrte um und verließ mit leuchtenden Rücklichtern eilig das Dorf.

Sie gingen an einer Reihe von Steinhäusern mit großen Holzlauben vorbei, bis sie zu dem einzigen Grotto kamen. Durch die dicken Fensterscheiben konnte man noch Licht sehen. Kurz entschlossen öffnete Christian die schwere Tür. Wärme und Rauch schlug ihnen entgegen, als sie eintraten. An den langen Holztischen saßen Männer, die Wein aus Henkeltassen tranken und laut über die Tische hinweg miteinander redeten. Sie blickten kurz auf, starrten Christian und Ayse überrascht an.

»Wo kommen die denn her?« fragte einer.

»Gerade vom Mond gefallen, so wie die aussehen«, sagte ein anderer. Sie fingen laut an zu lachen.

»Komm, wir gehen«, sagte Ayse schüchtern und wollte schon wieder zur Tür hinaus, als einer der Männer ihnen zuwinkte und sie aufforderte, neben ihm Platz zu nehmen.

Er hatte eine sonnenverbrannte Haut, tiefe Furchen um Mund und Augen, als hätten sich sämtliche Jahreszeiten in seinem Gesicht niedergeschlagen.

»Auf Durchreise?« fragte er und musterte die beiden.

Christian nickte. Der Mann lachte, klopfte ihm auf die Schulter, als ob er ihm verzeihen würde, und fragte, woher sie denn kämen und was sie hier zu suchen hätten.

»Wir sind auf der Hochzeitsreise«, antwortete Christian bestimmt.

»Auf der Hochzeitsreise«, wiederholte der Mann mit lauter Stimme, damit alle am Tisch es hören konnten, und hob den Boccalino, um darauf anzustoßen. Auch die anderen lächelten jetzt, prosteten dem jungen Paar zu und gratulierten ihm.

Ayse hatte rote Wangen, sie nippte an der Weintasse, rückte näher zu Christian und schmiegte sich an ihn, um vor den Blicken der fremden Männer, die sie ungeniert anstarrten, in Deckung zu gehen.

Christian erklärte dem Fremden, daß sie noch eine Übernachtungsgelegenheit suchten, nur für ein paar Tage, dann würden sie weiterziehen.

»Ein merkwürdiges Ziel für eine Hochzeitsreise«, sagte der Mann, nickte aber verständnisvoll. »Ihr gefallt mir«, sagte er, »ich werde euch helfen.« Er sei der Wildhüter dieser Gegend und habe eine kleine Waldhütte unten am Fluß, die er manchmal an Wanderer vermiete. »Sie steht jetzt aber leer, und ihr könnt vorübergehend dort einziehen.«

Erleichtert bestellten sie darauf noch mehr Wein, und die Wirtin brachte Polenta, etwas, das Christian und Ayse noch nie gegessen hatten.

Es war sehr spät, als sie aus dem warmen Grotto in die klare Nacht hinaustraten. Sie hoben die Köpfe zum Sternenhimmel über ihnen.

»Das Wetter kann sich hier schlagartig ändern«, sagte der Wildhüter warnend und leuchtete mit der Taschenlampe den Weg.

Ein steiler Pfad führte durch Unterholz zum Bergwald. Das mächtige Rauschen des Flusses kam immer näher. Kalter Wind fuhr knarrend durch die Baumkronen. Ayse ging so nahe wie möglich hinter Christian und hielt sich an seiner Jacke fest.

Endlich erreichten sie eine Lichtung, auf der sich eine kleine Hütte schwarz vor einem Felshang erhob. Der Wildhüter gab Christian den Schlüssel. Sobald er im Kamin Feuer gemacht hätte, würde es in der Hütte schnell warm und gemütlich werden. Er

147

versprach, in der nächsten Woche wieder vorbeizukommen.

Christian und Ayse blickten ihm nach, wie er mit
dem Schein der Taschenlampe im Wald verschwand.
Die Hütte bestand aus einem einzigen Raum. An
der hinteren Wand stand ein Bett, ein kleiner Tisch
mit zwei Stühlen war neben einen alten Herd ge-
rückt. Im Schrank befanden sich die Decken. Christian machte Feuer.

»Wir sind gerettet«, sagte er zu Ayse, »wir sind
alleine, niemand außer dem Wildhüter weiß, wo wir
sind«, fügte er hinzu, wie um sich Mut zu machen,
und legte Holz aufs Feuer.

Ayse schüttelte die Bettücher aus und begutach-
tete mit schräggestelltem Kopf die karge Einrich-
tung. In den Kleidern fiel sie aufs Bett. Christian
legte sich neben sie. Sie streichelten sich im Halb-
schlaf.

»Ich will, daß wir dasselbe träumen«, murmelte
Ayse, bevor sie die Augen schloß.

Aber sie träumten nicht dasselbe. Noch vor Morgengrauen wachte Christian schweißgebadet auf
und ging vor die Tür. Neben einem Stapel Holz, das
an der Hüttenwand aufgeschichtet war, setzte er
sich auf den Boden, wischte den Schweiß von der
Stirn und zündete sich eine Zigarette an.

Er hatte geträumt, wie Zafir, von einer Sekunde
auf die andere, einem gefällten Baum gleich, mit

148

dem Gesicht nach unten, flach auf den Boden gestürzt war.

Seit sie damals von Zafir beim Fernsehturm er-
wischt worden waren, hatte er Christian immer wieder gedroht. Er könne was erleben, wenn er nur
noch einmal in Ayses Richtung blicke. In jener
Nacht wollte Christian ihm ein für allemal klarma-
chen, daß er weder auf Sigis noch auf Zafirs Seite
war, daß er seine Ruhe haben wolle, und zwar vor
allen.

Es war die Nacht, in der Sigi an Zafir Rache nehmen wollte, und sie hatten sich um Mitternacht an
der S-Bahn-Unterführung verabredet. Christian
hatte Sigi entsetzt angeblickt, als er ihm unterwegs
anvertraute, daß er diesmal die Pistole dabeihabe.

»Beruhige dich, sie ist nicht geladen. Ich bin doch
kein Killer«, hatte Sigi gesagt und ihm auf die
Schulter geklopft. »Aber damit werde ich sie so
richtig erschrecken und gründlich in die Flucht
schlagen.«

Es hatte in Strömen geregnet, und sie waren bereits durchnäßt, als Zafir mit seinen Leuten hinter
der Böschung auftauchte. Zafir hatte ihn schon von
weitem fixiert.

»Hört doch endlich auf, ich will keinen Streit«,
hatte Christian gerufen. Und zu Zafir gewandt:
»Auch wenn du es nicht verstehen kannst, du bist
kein Feind für mich. Laß uns Frieden schließen.«
Seine Stimme zitterte.

149

Doch Zafir war unbeirrt auf ihn zugekommen. »Los, kämpfe!« rief er, als ob er nichts gehört hätte, aber Christian rührte sich nicht, er stand im Regen mit hängenden Armen und schüttelte den Kopf.

»Was ist denn in dich gefahren«, rief Sigi, »bist du verrückt geworden?«

»Komm schon«, rief Zafir streitlustig, kam noch näher und zog plötzlich ein Schmetterlingsmesser aus der Tasche. Christian starrte auf die Klinge, die mit einem scharfen Ton aus dem Schaft schoß.

Sigi fluchte. »He, Christian«, rief er und warf ihm die Pistole zu. Christian fing sie unwillkürlich auf und richtete den Lauf auf Zafir.

»Hör auf, Zafir, laß das Messer fallen«, sagte er laut.

Aber Zafir, der nur noch wütender wurde, fuchtelte mit dem Messer durch die Luft, als wolle er sie in tausend Stücke schneiden.

»Was hast du mit Ayse gemacht? Sag es mir!« brüllte Zafir.

»Laß das Messer fallen«, flüsterte Christian eindringlich. Er zitterte am ganzen Körper, den Finger am Abzug. »Ich bitte dich.«

»Du bittest mich? Ha! Du feiger Hund wirst doch nie schießen«, rief Zafir und lachte noch, als der Schuß krachte.

Christian hatte die Pistole sofort fallen lassen, und es war ihm jetzt, als höre er das Echo des Schusses im Wald. Er hielt sich die Ohren zu. Durch den Rückschlag war er hingefallen. Eine ganze Weile

150

hatte er sich nicht bewegen können und auf Zafir gestarrt, der vor ihm auf dem Boden lag. Zwischen den Gleisen war es schlagartig still geworden. Er hatte noch das Getrampel von Füßen gehört, das sich schnell in der Nacht verlor.

Sigi hatte ihn angelogen. Christian hatte sich über Zafir gebeugt und ihn geschüttelt.

Der Regen strömte auf sie hinunter, als wollte er sie wegschwemmen.

»Wach auf!« hatte Christian geschrien und Zafir am Kragen gepackt. Aber Zafir rührte sich nicht mehr. Christian war neben ihm zusammengesunken. »Wach auf«, flehte er weinend und krallte sich an ihm fest, »wach auf.«

Als er torkelnd das einsame Gelände verließ, wußte er, daß er verschwinden mußte, noch in dieser Nacht und für immer. Ayse durfte nie erfahren, was in dieser Nacht geschehen war, und sie hatte ihm versprechen müssen, nie danach zu fragen.

Christian betete jetzt, das Gesicht zum Himmel gewandt, betete, ohne die Lippen zu bewegen, in jeden einzelnen Stern hinein, während er sich vor Verzweiflung in die Hand biß, daß es blutete.

* * *

Am Morgen erwachte Ayse von den Sonnenstrahlen, die warm aufs Bett und auf ihr Gesicht fielen. Schlaftrunken ging sie hinaus. Die Hütte war abgeschottet durch den Wald, der eine Schutzmauer um die Lichtung bildete. Vor der Hütte lagen Granit-platten, und Ayse sah, wie sich dort eine Natter sonnte. Sie packte die Schlange, warf sie wie ein Seil in den Fluß hinunter und lachte, als die Schlange auf das Wasser klatschte.

»Was machst du?« fragte Christian, der schläfrig in die Sonne blinzelte. Er saß noch immer an den Holzstapel gelehnt, wo er eingenickt war.

»Schlangen töten«, rief Ayse, »es gibt Schlangen hier, und ich will sie nicht in der Hütte haben!«

Er umarmte Ayse von hinten, legte die Hände auf ihren Bauch, und beide sahen sie zu, wie die Schlange von der Strömung mitgerissen wurde. Dann sprangen sie wie auf Treppenstufen die Steine und Felskanten hinunter ans Wasser. Durch das klare grüne Bergwasser konnte man bis auf den Grund sehen, ein Fischschwarm tauchte unter einem versunkenen Baumstamm auf. Hintereinan-der kletterten sie über die Steine flußaufwärts.

Christian sammelte unterwegs Schiefersteinchen, die er bis ans andere Ufer springen ließ. Weiter oben entdeckten sie einen Stein, in den das Wasser eine tiefe Mulde gewaschen hatte. Sie zogen sich aus, und als sie in die Steinwanne stiegen, kreischten sie vor Kälte auf. Ayse strampelte, und Christian biß ihr in die harten Brustwarzen, die wie winzige spitze Inseln hervorstachen. Zitternd und rot vor Kälte, klammerten sie sich aneinander und legten sich auf

152

einen der breiten flachen Steine in die Sonne. Langsam trockneten die Tropfen von ihrer Haut.

Ihre Hände krochen wie Insekten kitzelnd auf dem Körper des anderen herum. Unter dem Beckenknochen, wo die Lende anfing, war eine kleine Stelle, bei der Ayse zusammenzuckte und kicherte, wenn Christian mit dem Finger darüberfuhr.

»Ich werde alle Stellen finden«, flüsterte er. Erschöpft ließ Ayse einen Arm ins Wasser gleiten, die starke Strömung zog daran, als ob sie ihn mitreißen wollte.

»Es ist wie in die Tiefe fallen«, sagte sie.

»Es ist wie fliegen und aufsteigen«, sagte er und drang in sie ein.

∗ ∗ ∗

Es war schon gegen Mittag, als sie ins Dorf gingen, um dort Vorräte für die ganze Woche zu kaufen. In einem kleinen Laden, dem einzigen im Dorf, fanden sie Konservenbüchsen, Brathühner und Nudeln. Sie packten den Einkaufswagen bis oben voll.

»Das reicht für einen Monat«, sagte Ayse zufrieden, als sie alles in die Taschen stapelte, während Christian bezahlte. Die Verkäuferin blickte ihnen verwundert nach.

Auf dem Weg blieb Ayse plötzlich stehen. Sie stellten die Taschen ab. Dort am Wegesrand, in einem Bett aus Ästen und Blättern, lag eingerollt eine schlafende Schlange neben sieben winzigen Schlangeneiern. Die Haut der Eier war so dünn, daß sie rosa schimmerte, sie schienen zu pulsieren, als ob sie jeden Augenblick aufbrechen könnten. Leise schlichen Christian und Ayse davon.

Vor der Hütte errichteten sie eine Feuerstelle. Sie hatten keine Uhr, sahen nur, wie die Schatten der Bäume länger wurden.

»Von nun an fangen wir ein neues Leben an«, sagte Ayse, als sie sich abends im Schein des Feuers gegenübersaßen. »Wir vergessen, woher wir gekommen sind. Wir werden nie über die Vergangenheit reden. Sie existiert nicht mehr.«

Christian nickte. »Wir werden nichts vermissen.«

Nach dem Essen holte Christian die Decken aus der Hütte und breitete sie auf dem Boden aus.

Die Arme hinter dem Kopf verschränkt, lagen sie darauf. Über ihnen spannte sich klar und kalt der Sternenhimmel.

»Die Sterne sind schon erloschen«, sagte Christian. »Nur ihr Licht ist noch unterwegs.«

»Dann ist der Himmel ein riesiges Sternengrab«, sagte Ayse und bettete ihren Kopf auf seine Brust, die sich langsam hob und senkte, und sie atmeten gleichzeitig ein und aus, ein einziger Atemstrom in die Nacht hinein, der sich verband mit dem Rauschen des Flusses, ein Strom, der sie aufsog und in dem sie verschwanden in einen gemeinsamen traumlosen Schlaf.

Als sie aufwachten, lagen sie noch genauso da, Ayses Kopf auf seiner Brust, ihre Beine in den seinen verschränkt. Nur zögernd lösten sie sich, als würden sie unter Schmerzen auseinanderbrechen, nachdem sie stundenlang ineinander verkeilt waren. Sie rollten voneinander weg; das Gras zwischen ihnen, blickten sie sich an, ohne etwas zu sagen. Weit über ihnen zog ein Bussard vorbei. Ayse knickte einen langen Grashalm ab und fuhr Christians Mund nach, zeichnete in sein Gesicht hinein. Christian sprang auf sie zu, und sie rollten bis ans Ende der Lichtung unter den Schatten eines Baumes.

Nachdem sie gebadet hatten, gingen sie wieder zum Schlangennest. Zwei Schlangen waren inzwischen ausgeschlüpft und lagen zusammengerollt, klein wie Streichhölzer, neben der Mutterschlange. Eines der Eier bewegte sich leicht. Langsam, wie in Zeitlupe, stieß der Kopf durch die Hülle, mit offenem Rachen schlüpfte die winzige Schlange aus der weißen Haut, die hinter ihr wie ein Ballon zusammenschrumpfte. Sie zuckte und kroch zitternd ein Blatt entlang, als die Mutterschlange sich plötzlich regte, ihren Kopf erhob, den Rachen weit aufsperrte, daß man die spitzen Zähne sehen konnte, und von einer Sekunde auf die andere das Jungtier verschlang.

Ayse hielt die Hand vor den Mund, als ob sie sich übergeben müßte, starrte Christian an und rannte davon.

Vor der Hütte ging sie auf und ab.

»Man muß ihr die Eier wegnehmen. Am Ende frißt sie alle auf!« sagte sie wütend.

»Aber nein«, entgegnete Christian ruhig und legte besänftigend die Hände auf ihre Schultern, »sie hatte nur Hunger«, sagte er wie entschuldigend. »Die anderen beiden hat sie doch leben lassen.«

Aber Ayse schüttelte ihn ab. »Man muß die gefräßige Mutter töten«, sagte sie bestimmt, »damit die Kinder leben können. Sie wird sonst alle fressen, diese Killerschlange«, und sie hob einen großen Stock vom Boden auf.

»Hör auf«, sagte Christian und wollte ihr den Stock aus der Hand nehmen.

»Bleib hier«, rief er, doch Ayse rannte schon davon, den Weg zurück. Aber als sie an die Brutstätte kam, war die Mutterschlange fort. Die Blätter waren an der Stelle, wo sie gelegen hatte, eingedrückt. Ayse kroch durchs Unterholz, hob jeden größeren Stein auf.

»Verstecke dich nur, ich werde dich finden, du gemeine Mörderin!« zischte Ayse und schlug mit dem Stock das Dickicht vor sich weg. Das Dornengestrüpp ritzte ihre nackte Haut an Armen und Beinen auf. Aber Ayse suchte weiter, drang in den Wald ein, in ein fremdes Gebiet, das immer dichter und feindlicher wurde. Äste fuhren ihr wie Peitschenhiebe ins Gesicht. Es war heiß, der Schweiß lief ihr den Hals hinunter, und Fliegen setzten sich

156

hungrig auf die kleinen blutenden Stellen auf ihrer
Haut.

Inzwischen hatte Christian das Feuer entfacht, das
Holz knackte unter der Hitze, und Rauchschwaden
zogen in den blauen Himmel. Es war spät am Nachmittag, als Ayse zurückkam. Zerkratzt, mit glänzen-
der Stirn, warf sie in hohem Bogen den Stock in den
Fluß.

»Und?« sagte Christian lächelnd und legte ein
Holzscheit aufs Feuer. »Sinnlos durch den Wald ge-
irrt?«

»Sie war schon weg«, sagte Ayse enttäuscht, »sie
ist geflüchtet.«

In diesem Moment hörten sie in der Ferne das
dumpfe Poltern herunterrollender Steine.

»Da muß irgendwo ein Steinschlag sein«, sagte
Christian. »Aber hier sind wir sicher«, fügte er
hinzu.

»Ich will nie wieder fort von hier«, sagte Ayse.

Sie saßen sich gegenüber im Licht des Feuers.

»Wir müssen aber verschwinden, bevor der Wildhüter wiederkommt«, entgegnete Christian.

»Wohin?«

»Nach Italien«, antwortete Christian, »ein paar
Schritte weiter, und wir sind in einem anderen
Land.«

»Pisa«, rief Ayse begeistert, »Florenz, Rom.«

»Wo immer du willst«, sagte Christian und kroch

auf allen vieren um die Feuerstelle herum. »Ich will dich heiraten, wenn du mir versprichst, daß du deine Kinder nicht frißt«, sagte er.

Anstatt zu antworten, biß sie ihm in die Lippen.

»Zusammen sind wir dreiunddreißig Jahre alt; wir haben das ganze Leben vor uns«, sagte sie, warf den Kopf zurück, und die untergehende Sonne schien in ihren lachenden Mund.

Später tanzte Ayse auf dem Felsvorsprung und dachte dabei an Zafir, wie sie als Kinder irgendwo in dieser Gegend Hochzeit gespielt und sich versprochen hatten, für immer zusammenzubleiben. Und dann dachte sie an Sezen, daß sie ihre beste Freundin bliebe, auch wenn sie sich nie wiedersehen würden. An Ata, die ihren verstorbenen Mann jetzt alleine besuchen mußte. An Matteo, der schon bald seine große Reise antreten würde, und daß sie ihm noch das Tagebuch und den Schlüssel schicken mußte, und dann dachte sie an den Vater und die Mutter, die sie vielleicht schon suchten. Aber sie war mit ihnen allen über die Distanz unzähliger Kilometer hinweg verbunden, und sie sang für sie ihr Gedicht in die Abenddämmerung und wünschte, daß sie so glücklich würden, wie sie es jetzt war.

»Sie ist selbst Vogel und auch Nest,
　　selbst Schwinge und Feder,
　　selbst Luft und selbst Flug,
　　selbst Jäger und selbst Beute

158

sie ist Zweig und auch Frucht – ist Vogel und
Nest.«

Am nächsten Morgen stellte Christian einen Stuhl
auf die Lichtung und schnitt Ayse mit einer rostigen Schere, die sie in der Hütte gefunden hatten, die
Haare ab.

»Niemand wird dich so je wiedererkennen«, sagte
er, die Schere in der Hand.

Ayse griff sich auf den Kopf, der sich nackt und
kahl anfühlte. »Du hast mich ausgezogen«, sagte
sie, »wie nie ein Mensch einen anderen«, und blickte
auf das Haar, das schwarz und tot auf dem Boden
lag.

Dann packte Ayse ihre Tasche und ging zum letztenmal ins Dorf. Auf dem kleinen Postamt steckte
sie das blaue Buch und den Schlüssel in ein großes
Kuvert.

»Lieber Matteo«, notierte sie auf einen Zettel.
»Ich habe Dir versprochen, Dir alles zu zeigen, was
ich aufgeschrieben habe. Aber ich konnte Dir mein
blaues Buch nicht geben, weil ich es brauchte. Jetzt
benötige ich es nicht mehr, weil ich glücklich bin.
Du hast einmal gesagt, daß ich frei bin. Aber das
sind wir alle, wenn wir es wollen. Vielleicht treffen
wir uns irgendwann wieder, irgendwo auf der Welt.

Deine Königin der Nacht«

Sie klebte das Kuvert zu und schob es unter der
Trennscheibe durch.

»Was ist da drin?« wollte die Frau hinter dem Schalter wissen. »Wegen dem Zoll«, erklärte sie.

»Es ist ein Buch«, antwortete Ayse.

»Kein Wert also«, sagte die Frau, machte ein Kreuzchen auf einem grünen Zollkleber und stempelte das Päckchen ab.

Als Ayse aus dem Postamt trat, hatten sich dunkle Wolken gebildet. Es donnerte, und sie ging schneller. Wind zog auf, in der Ferne hörte sie den Schrei eines Bussards. Einzelne Tropfen fielen ihr ins Gesicht. Es roch nach feuchten Blättern, und die Äste der Bäume wiegten sich im Wind.

Es regnete in die Feuerstelle, als Ayse auf die Lichtung kam. Christian saß in der Hütte am Tisch über eine Landkarte gebeugt. Er hatte Holz hineingeholt und neben dem Kamin aufgeschichtet.

»Was machen die kleinen Schlangen jetzt?« fragte Ayse.

»Sie werden ertrinken«, sagte er kühl, ohne von der Karte aufzublicken.

Ayse starrte ihn entsetzt an.

»Nein, sie werden natürlich überleben«, sagte er.

Sie stellte sich hinter ihn und hielt ihm die Augen zu.

»Was siehst du?« fragte sie.

»Blitze, weiße Blitze, sonst nichts.«

Der Regen klopfte gegen die Fenster. Es wurde dunkel. Sie hockten vor dem kleinen Kaminfeuer, während vor der Hütte ein Grollen und Donnern

tobte, ein Zischen und Orgeln von Wind, Steinschlag und Wetterstürzen.

Am Morgen wachte Ayse mit nassem Gesicht auf,
es tropfte durch ein Leck in der Decke. Sie stellten
ein Becken darunter und verschoben das Bett. Gegen Mittag war es immer noch dunkel, und Christian stand auf.

»Ich werde mal nachsehen«, sagte er und öffnete
die Tür. Aber der Regen verdeckte wie ein zugezo-
gener Vorhang die Sicht. Der Wind fuhr ihm un-
wirsch ins Gesicht, als ob er ihn in die Hütte
zurückstoßen wollte. Christian schloß schnell die
Tür und kroch wieder ins warme Bett. »Es tobt da
draußen«, sagte er, »wir brauchen gar nicht erst aufzustehen.«

Die Wände knarrten. Es hagelte und donnerte, als
würden Steine auf das Dach fallen. Der Sturm rüttelte an der Hütte.

»Wenn wir morgen aufwachen, wird ein strahlend
blauer Himmel sein«, versprach er, »und wir werden
nach Italien aufbrechen.«

»Ich will nie wieder aufstehen«, sagte Ayse. »Für
immer mit dir im Bett liegen und uns bewußtlos
schaukeln.«

Sie zogen die Decke noch fester über ihre Köpfe.
Es war warm wie in einem Bau; die gespreizten Finger ineinander verschränkt, küßten sie sich und verharrten so, die Zunge in der warmen feuchten
Mundhöhle des anderen, während draußen Bäume

entwurzelt wurden und weit oben sich langsam, vom Wasser aufgeweicht, eine kaum bewaldete Böschung vom Berg löste. Sie sangen in ihrer Hütte laut gegen den Sturm an. Auf dem Bett wie auf einem wankenden Boot. Sie rutschten vom Bett auf den nassen Boden. Das Becken war längst übergelaufen und der Boden überschwemmt. Das Feuer im Kamin erloschen. Aber sie merkten es nicht. Die Schlammlawine schob Erde, Geröll und Bäume vor sich her, bildete einen riesigen Hügel, der alles unter sich begrub, und griff nach der Hütte, hob sie zuerst hoch, für einen kurzen Augenblick ragte die Hütte obenauf, als würde sie getragen und von starken Händen vorwärts geschoben, bevor sie lautlos von den Erdmassen begraben wurde.

❊ ❊ ❊

Ich wollte fortkommen, so weit weg wie nur irgend möglich. Aber nicht dorthin, nicht an den Ort, an den man geplant hat, mich hinzuschicken, wenn meine Zeit hier zu Ende geht. Auf keinen Fall werde ich ihnen folgen und tun, was sie verlangen. Das aber werde ich niemandem sagen, auch Matteo nicht.

Das war die letzte Eintragung in Ayses blauem Buch. Matteo hatte es wieder und wieder gelesen, und er legte das Buch jetzt in die Schublade seines Schreibtisches und schloß sie ab.

Er blickte auf das Bett, das Laken, das er seit Ayses Verschwinden nicht mehr berührt hatte. Die Decke lag noch immer so, wie sie sie verlassen hatten, hastig zurückgeschlagen, in hundert Falten geworfen. Neben dem Bett die leere Flasche Wein. Matteo hatte über den Weinfleck auf dem Teppich lächeln müssen, wenn er sich auch darüber gewundert hatte, wie er zustande gekommen war.

Es war das größte Unwetter seit Jahrzehnten gewesen. Der See ist über die Ufer getreten, die Stadt stand unter Wasser. Menschen verloren ihre Häuser und mußten evakuiert werden. Baumstämme wurden mit einem Helikopter von der Straße entfernt.

Man hatte ihre Körper nicht wiedergefunden.

Matteo hatte Zafir im Krankenhaus besucht. Drei Tage hatte er im Koma gelegen. Er wußte noch nicht, was mit seiner Schwester geschehen war. Ahmet und Antaya wollten ihm erst alles erzählen, wenn er das Krankenhaus verlassen hatte und wieder zu Hause war.

Sezen war in eine andere Stadt gezogen. Sie könne nie wieder hierher zurück, hatte sie gesagt. Sie hatte Matteo noch Fotos geschickt: Ayse in ihrem Zimmer posierend. Das Haar wie im Gegenwind. Ayse am Fenster stehend, vor dem Fernseher tanzend in einem kirschroten Nachthemd, die Hände im Haar, als ob sie es sich vor Vergnügen ausreißen wollte. Ayse in der Kabine im Schulhaus, lächelnd einen Brief lesend.

Matteo stand auf und öffnete das Fenster. Die

Tage wurden wieder kürzer. Laub trieb flußabwärts. Die Abenddämmerung brach herein.

Matteo startete den Laptop. Die niedergedrückten Tasten klapperten leise durch das Atelier.

Für Ayse, die Liebe meines Lebens, schrieb er, und dann begann er:

Es war ein schnelles Leben gewesen, das in diesen frühen Morgenstunden sein Ende nahm. Es hatte aufgeleuchtet, kurz und heftig, um auf dem Gipfel der Sehnsucht für immer zu erlöschen. Sie hatte gelebt wie die Königin der Nacht, die ihre Blüte öffnet, um ihren Duft zu verströmen in einer einzigen Stunde.

Aber was bedeutet die Dauer eines langen Lebens, in dem sich ein Ereignis wie das Glied einer Kette ans andere reiht, in den immer gleichen Abständen? Ereignisse mit absehbaren Erschütterungen. Und was, wenn die Erschütterungen ausbleiben und nur noch die Erinnerungen bleiben an das Wesen, das man einst gewesen war, als man noch jung genug war, um verzweifelt lieben zu können?

Mit Dank an meinen Vater, Matthyas Jenny, für die Zuwendung, Ermutigung und aufbauende Kritik, ohne die ich kein einziges Buch geschrieben hätte. Meinem Bruder, Caspar Jenny, für seine Treue und seinen Mut. Arthur Cohn für seine steten Ermunterungen und seinen Rat. Robert Schneider für Telefongespräche in einsamen römischen Nächten, die richtigen Fragen und die stillen Tage im blauen Dorf. Hülya Canga für die Gespräche und die Gastfreundschaft in Istanbul. Ruedi Schiesser für das hellste Zimmer im Hotel »Drei Könige« in Basel, in dem ich in Ruhe und ungestört schreiben durfte. Mukkades Ulusal für die Vermittlungen. Ingo Hasselbach für das hilfreiche und spannende Gespräch. Dem unbekannten Kellner im »Manzini«, aber einzig wahren Freund, den ich in Berlin gefunden habe, für die unzähligen offerierten Bellinis während der Schreibblockaden. Maya Bühler für sorgfältiges Lesen. Bernd F. Lunkewitz, Angela Drescher und René Strien für konstruktive Kritik und hartnäckiges Nachfragen in allen Phasen bei der Entstehung dieses Romans.

»Man muß sich die
Kunden des Aufbau-
Verlages als glückliche
Menschen vorstellen.«
Süddeutsche Zeitung

Das Kundenmagazin der Aufbau Verlagsgruppe erhalten
Sie kostenlos in Ihrer Buchhandlung und als Download
unter www.aufbauverlagsgruppe.de. Abonnieren Sie
auch online unseren kostenlosen Newsletter.

Curtis Sittenfeld
Eine Klasse für sich
Roman
532 Seiten
Gebunden
ISBN 3-351-03080-0

Intelligent und ironisch

Der Roman stand wochenlang auf der US-Bestsellerliste und wurde von der New York Times als eines der fünf wichtigsten Bücher des Jahres ausgezeichnet. Mit Ironie, pointierten Dialogen und verblüffender Lebensnähe spürt die Autorin Abgründen des Teenagerdaseins nach und entwirft ein brillantes Gesellschaftsporträt des heutigen Amerika: Beeindruckt von der Welt der Reichen und Schönen, bewirbt sich die Tochter eines Matratzenhändlers aus Indiana um eines der raren Stipendien. Doch bald stellt sie fest, daß die Realität im Internat anders aussieht als ihre Träume. Angezogen und abgestoßen zugleich von ihren privilegierten Mitschülern, wird sie Außenseiterin, die ihre Umgebung genau beobachtet. Ein ebenso literarisches wie amüsantes Porträt einer jungen Frau mit all ihren Träumen, Widersprüchen und Ängsten.

»Schreiend komisch und immer authentisch.«
THE BOSTON GLOBE

Mehr Informationen erhalten Sie unter
www.aufbauverlagsgruppe.de oder in Ihrer Buchhandlung

Snorre Björkson
Präludium für Josse
Roman
262 Seiten. Gebunden
ISBN 978-3-351-03085-8

Ein Sommer voller Glück und Poesie

Holtes liebt Josse, und sie liebt Johann Sebastian Bach. Das erste Mal begegnen sich die beiden im Posaunenchor auf einem Friedhof im November. Nichts scheint verheißungsvoller als der bevorstehende Sommer, denn Josse hat das Abitur in der Tasche und genießt ihre freien Tage. Um ihr Herz zu gewinnen, macht Holtes einen verwegenen Vorschlag und entführt Josse auf eine Reise: Die Bach-Biographie im Gepäck unternehmen die beiden eine Wanderung auf den Spuren des Komponisten. Sie erleben einen Sommer der Liebe zwischen duftenden Wiesen und Getreidefeldern und verbringen romantische Nächte unter freiem Himmel. Irgendwann aber erreichen sie Lübeck, das Ziel der Reise, mit dem sich ihre gemeinsame Zeit dem Ende nähert. Ein warmer, tiefgründiger und zu Herzen gehender Roman über Musik, große Gefühle und den Zauber des Augenblicks, geschrieben in einer meisterhaft komponierten Sprache.

Mehr Informationen erhalten Sie unter
www.aufbauverlagsgruppe.de oder in Ihrer Buchhandlung

Barbara Krohn: »Einfühlsam, feinsinnig und mit scharfem Blick.« GENERALANZEIGER BONN

Barbara Krohn, 1957 in Hamburg geboren, hat sich vor allem durch ihre psychologischen Spannungsromane einen Namen gemacht. Sie lebt mit ihrer Familie in Regensburg.

Weg vom Fenster
Mord an einem Professor, dem umschwärmten Mittelpunkt eines illustren Literaturzirkels. Der Verdacht liegt nahe, daß es sich um ein Verbrechen aus Eifersucht handelt. Doch Kommissarin Freya Jansen will nicht so recht daran glauben und beginnt, verfolgt vom Spott ihrer Kollegen, zu ermitteln. Während sie anfangs noch im dunkeln tappt, ist Ines, die zufällig Zeugin des Mordes wurde, bereits auf eine heiße Spur gestoßen.
Roman. 384 Seiten. AtV 1595

Rosas Rückkehr
Rosa Liebmann steckt in einer Krise. Sie verkauft ihre Coffee Bar in San Francisco und kehrt nach fast zwanzig Jahren zurück nach Deutschland. Während sie in Hamburg auf den Zug nach Hauses wartet, entdeckt sie ihre Mutter – in den Armen eines fremden Mannes. Jedem aus ihrer Familie, nur nicht ihrer Mutter, hätte Rosa eine Affäre zugetraut. Doch damit nicht genug: Auf ihrem ersten Spaziergang an der Ostsee findet sie ihren Vater, den stadtbekannten Herzensbrecher, erschossen in seinem Strandkorb. »Ich habe dieses Buch nur zum Essen und Schlafen aus der Hand gelegt.« INGRID NOLL
Roman. 278 Seiten. AtV 1941

Die Liebe der anderen
Wo lauert das Glück? In einem leeren Zug nach Paris? Am Heiligen Abend mit einer geheimnisvollen Weihnachtsfrau? In einer Silvesternacht mit einem Fremden in einer Hafenkneipe? In ihrem wunderbar leichten Episodenroman spürt Barbara Krohn den Umwegen der Liebe nach und erzählt vom Finden und Verlieren und davon, wie kleine Fluchten zum großen Glück führen können. »Treffend, superwitzig und sehr tröstlich – denn offensichtlich stolpern alle anderen Menschen auch in die ewig gleichen Beziehungsfallen.« FÜR SIE
Roman. 205 Seiten. AtV 2141

Mehr Informationen unter
www.aufbauverlagsgruppe.de
oder bei Ihrem Buchhändler

Tanja Dückers:
»Mitten in den deutschen Zeitgeist.« STERN

Tanja Dückers, geb. 1968 in Berlin, studierte Nordamerikanistik, Germanistik und Kunstgeschichte. Für ihr schriftstellerisches Werk erhielt sie zahlreiche Preise und Stipendien, die sie u. a. nach Los Angeles, Pennsylvania, Gotland (Schweden), Barcelona, Prag und Krakau führten.

Spielzone
Sie sind rastlos, verspielt, frech, leben nach ihrer Moral und fürchten nichts mehr als Langeweile: junge Leute in Berlin, Szenegänger zwischen Eventhunting, Hipness, Überdruß und insgeheim der Hoffnung auf etwas so Altmodisches wie Liebe. – »Ein Roman voller merkwürdiger Geschichten und durchgeknallter Gestalten.«
DER TAGESSPIEGEL
Roman. 207 Seiten. AtV 1694

Café Brazil
Die Geschichten um ganz normale Nervtöter, leichtsinnige Kinder oder verwirrte Großmütter steuern stets auf verblüffende Wendungen zu. »Feinsinnig, bösartig, kühl und lustvoll, bisweilen erotisch, spiegeln Dückers' Erzählungen den Erfahrungshorizont einer Generation, die hinter einer vordergründigen Erlebniswelt ihre Geschichte entdeckt.« HANNOVERSCHE ALLGEMEINE
Erzählungen. 203 Seiten. AtV 1359

Himmelskörper
Je älter Freia wird, desto stärker ahnt sie, daß in ihrer Familie mehr als ein Geheimnis vertuscht und verdrängt wird. Was immer sie auch erfährt, alles scheint an jenem bitterkalten Morgen im Krieg begonnen zu haben, als die Großmutter mit einem der letzten Schiffe aus Westpreußen fliehen wollte. »… daß jetzt die Enkel anfangen zu fragen, das hat mich gefreut.« CHRISTA WOLF
Roman. 319 Seiten. AtV 2063

Stadt, Land, Krieg
Autoren der Gegenwart erzählen von der deutschen Vergangenheit
Sie werfen einen Blick zurück – nicht zornig, aber mit unbequemer Wißbegier. In den letzten Jahren beschäftigten sich viele junge Autoren fernab des Klischees von der unpolitischen Generation mit der NS-Zeit, dem Zweiten Weltkrieg und deren spür- und sichtbaren Folgen. Allerdings tun sie das ganz anders als ihre Vorgänger. Mit Verena Carl, Katrin Dorn, Tanja Dückers, Annett Gröschner, Norbert Kron, Tanja Langer, Marko Martin, Leander Scholz, Vladimir Vertlib und Maike Wetzel u. v. a.
Herausgegeben von Tanja Dückers und Verena Carl. 244 Seiten
AtV 2045

Mehr unter
www.aufbauverlagsgruppe.de
oder bei Ihrem Buchhändler

Hansjörg Schertenleib:
»... versteht sich aufs Erzählen.«

SÜDDEUTSCHE ZEITUNG

Hansjörg Schertenleib, geb.1957 in Zürich, lebt im County Donegal in Irland und in Zürich. Er ist Autor zahlreicher Romane, Erzähl- und Lyrik-Bände, Theaterstücke und Hörspiele.

Die Namenlosen
Christa Notter wird gejagt. Die vierzigjährige Frau versteckt sich in Irland und schreibt ihrer Tochter, die ihr nach der Geburt weggenommen wurde. Sie schreibt gegen die Zeit und um ihr Leben, denn sie hat die Sekte verraten, deren Mitglied sie war. Der charismatische und brutale Sektenführer Fisnish wird sie töten. Es sei denn, ihr Geliebter findet sie zuerst.
Roman. 314 Seiten. AtV 1853

Von Hund zu Hund
Geschichten aus dem Koffer des Apothekers
Die Geschichten handeln von Liebe und Tod, vom Kampf um Würde und Respekt und von zufälligen Begegnungen, die Lebensläufe radikal auf den Kopf stellen. Sie spielen in Barcelona oder auf den Hebriden, in Irland oder Perpignan, in Magdeburg oder Lissabon. Die Figuren bestechen durch eine lakonische Präzision, emotionale Kraft und menschliche Reife. Literarisch virtuos und mit dunklem Witz erzählt Schertenleib das Außergewöhnliche ihres ganz gewöhnlichen Lebens.
208 Seiten. AtV 1912

Das Zimmer der Signora
Während Stefano Mantovani in einem italienischen Kriegsveteranenheim seinen Militärdienst leistet, trifft er seine Jugendliebe Carla. Nicht nur ihre eindeutigen Offerten stricken um ihn ein immer dichter werdendes Netz aus Lust und Schmerz. Auch eine geheimnisvolle Signora bestimmt bald auf irritierende Weise sein Leben. Schertenleibs preisgekrönter Bestseller, voll psychologischer Raffinesse, Komik und abgründiger Erotik, erzählt auf faszinierende Weise von der unauflöslichen Verbindung von Sexualität und Macht, von deren weiblichen und männlichen Ritualen.
Roman. 473 Seiten. AtV 2106

Der Papierkönig
Der Journalist Reto Zumbach recherchiert das Verbrechen eines Papierfabrikanten, der auf seinem Anwesen in den einsamen Weiten im Norden Irlands eine grausame Tat beging. Er macht sich auf den Weg an den Ort des Geschehens und verstrickt sich in eine Geschichte, die sein Leben verändern wird. Ein literarisches Meisterwerk, ausgezeichnet mit dem Preis für »neue deutsche literatur« 2003.
Roman. 343 Seiten. AtV 2108

Mehr unter
www.aufbau-verlagsgruppe.de
oder bei Ihrem Buchhändler

Thomas Lehr:
»Ein Autor, der gewinnt, weil er wagt.« FRANKFURTER RUNDSCHAU

Thomas Lehr, geb. 1957, lebt in Berlin. Er erhielt zahlreiche Literaturpreise, u.a. den Förderpreis Literatur zum Kunstpreis Berlin, den Rheingau Literatur Preis, den Wolfgang-Koeppen-Preis und den Kunstpreis Rheinland-Pfalz 2006.

**Zweiwasser oder
Die Bibliothek der Gnade**
Zweiwasser befindet sich nicht nur im Krieg mit den Verlagen, sondern auch mit der Liebe. Erzählt wird die Geschichte des Schriftstellers Zweiwasser, dessen Weg zum Erfolg von seltsamen Todesfällen gesäumt ist und dessen Bücher schließlich Eingang finden in eine alles verschlingende »Bibliothek der Gnade«. Der Roman ist ein Balanceakt zwischen Thriller und dessen Parodie, ein Buch der großen Leidenschaften und der tausend Morde.
Roman. 359 Seiten. AtV 1443

Die Erhörung
Ein Roman der Visionen, ein Roman voller Deutungsmöglichkeiten zwischen skeptischer Vernunft und philosophischer Phantasmagorie. In das reale Berlin der siebziger und achtziger Jahre schicken himmlische Boten ihre verrätselten Offenbarungen über Leben, Tod, Erlösung, Verdammnis, Liebe und den inneren Zusammenhang aller Menschengenerationen von Anbeginn an.
Roman. 463 Seiten. AtV 1638

Nabokovs Katze
Ebenso zärtlich wie obszön, so sprach- wie bildversessen: ein ironischer und cineastischer Roman über das Kopfkino einer erotischen Passion, über die Projektionen von Leidenschaften und über die Nach-68er-Generation, »die stets zu klug war, um an irgend etwas zu glauben. Sprachlich und erzählstrategisch höchst raffiniert dargeboten – ein wunderbares Buch.«
SIGRID LÖFFLER, DER SPIEGEL
Roman. 511 Seiten. AtV 2097

Frühling
Thomas Lehr hat nach seinem Erfolgsroman »Nabokovs Katze« in dieser Novelle erneut ein literarisches Wagnis unternommen: In 39 Kapiteln werden die letzten 39 Sekunden eines Mannes im Grenzbezirk zwischen Leben und Tod in einer Sprache berichtet, die so extrem ist wie die Situation und der Gegenstand – eine Meditation über Wahrheit und Schuld.
»Ein gewagtes und überwältigendes Stück Literatur.« DER SPIEGEL
Novelle. 142 Seiten. AtV 2184

*Mehr unter
www.aufbauverlagsgruppe.de
oder bei Ihrem Buchhändler*

»Ein Autor, den Sie unbedingt entdecken sollten.«

Elke Heidenreich

Richard Wagner, geb. 1952 in Rumänien, veröffentlichte Lyrik und Prosa. Nach Arbeits- und Publikationsverbot verließ er 1987 Rumänien und lebt nun als freier Schriftsteller in Berlin. Er gewann zahlreiche Preise und Stipendien.

Ausreiseantrag. Begrüßungsgeld
Rumänien 1986. Stirner lebt in der Fremde, die seine Heimat ist, er spricht die Sprache einer Minderheit, er ist Außenseiter unter Landsleuten. Er stellt einen »Ausreiseantrag«. »Begrüßungsgeld« empfängt er nach der Ankunft im Durchgangslager. »Sätze wie Nägel, die ins Fleisch treiben, ins eigene.«
Frankfurter Rundschau
Erzählungen. 199 Seiten. AtV 1815-0

Miss Bukarest
Ein Roman über die rumänische Vergangenheit und die deutsche Gegenwart, erzählt von drei Protagonisten mit verschiedenen Motiven: politischen, poetischen und kriminalistischen. Der Tod einer faszinierenden Frau ruft ihren ehemaligen Liebhaber als Detektiv auf den Plan. Ein unbestechliches Buch, das sprachliche Brillanz, Gedankenschärfe und Aufrichtigkeit vereint. Wagner erhielt dafür 2000 den »Neuen deutschen Literaturpreis«.
Roman. 190 Seiten. AtV 1951-3

Habseligkeiten
Traumhafte Landschaften, Verrat und Liebe, Gestern und Heute. Generation für Generation geraten die Mitglieder einer Handwerkerfamilie aus dem rumänischen Banat in den Strudel der großen Geschichte. Mit »Habseligkeiten« hat Richard Wagner ein bedeutendes Familienepos von großer Wärme und Klugheit geschaffen. »Ein Heimatroman der besten Sorte.« Berliner Zeitung
Roman. 281 Seiten. AtV 2245-X

Der leere Himmel
Eine Reise in das Innere des Balkans
Zigeunermusik und Gulags, Klöster und Mafiosi, Milosevic und Lenau, das prächtige Sternenzelt der Orthodoxie, der leere Himmel über dem Jetzt. ndl-Preisträger Richard Wagner porträtiert ein fernes, nahes Land, das er wie kein Zweiter kennt: profund und sehr persönlich. »Der Balkan hat viel mit uns zu tun. Mehr, als wir denken, und mehr, als wir zu denken bereit sind.«
Gebunden. 334 Seiten
ISBN 3-351-02548-3

Mehr unter www.aufbau-verlag.de oder bei Ihrem Buchhändler.

Selim Özdogan:
»Ein ernstzunehmender Chronist seiner Generation« SÜDDEUTSCHE ZEITUNG

Es ist so einsam im Sattel, seit das Pferd tot ist
Mitten im Sommer hat Alex eine jener apathischen Phasen, gegen die nur eines hilft: wegfahren! Schneller, als er glaubt, verliebt er sich – und plötzlich ist es da, das Gefühl, unbesiegbar und unsterblich zu sein.
»Eine vergnügliche bis sentimentale Reise in jene frühen Tage, da nichts lief und alles möglich war.« HAMBURGER MORGENPOST
Roman. 159 Seiten. AtV 2058

Nirgendwo&Hormone
Phillip wollte nochmal mit Maria schlafen, um der alten Zeiten und der Gefühle willen, und nun ist ihr Mann hinter ihm her. Gemeinsam mit einem Freund flieht er durch die Wüste.
»Diese Geschichte ist die atemloseste, die ich seit Philippe Djians ›Blau wie die Hölle‹ gelesen habe.« JENS-UWE SOMMERSCHUH
Roman. 229 Seiten. AtV 1969

Mehr
Aus einem entspannten Sommer kommt ein junger Mann zurück nach Deutschland und stellt fest, daß er fast pleite ist. Ein Freund will ihn als Dialogschreiber für Serien unterbringen, doch er lehnt ab. Er ist stolz auf sein kompromißloses Leben, aber er ertappt sich dabei, Zugeständnisse zu machen. Was ist mit ihm passiert, daß er seine Ansprüche an sich selbst aufgegeben hat?
*Roman. 244 Seiten. AtV 1721.
Auch als Hörbuch: Traumland. Gelesen vom Autor. 1 CD. DAV 122*

Ein gutes Leben ist die beste Rache
In 33+1 Stories – manche von Zigarettenlänge, manche so kurz wie das Aufflammen eines Feuerzeugs – erzählt Selim Özdogan vom guten und weniger guten Leben, von Rache, kosmischem Gelächter, Liebe und den paar Mal, auf die es ankommt.
»Ein wilder Mix der Emotionen.« FRÄNKISCHE LANDESZEITUNG
Stories. 160 Seiten. AtV 1479

Trinkgeld vom Schicksal
»Es ist ein besonderes Talent, zu merken, wann man glücklich ist. Zu merken, wann man glücklich war, kann jeder.« Selim Özdogans Geschichten rufen die träumerische, gelassene Atmosphäre einer Nacht am Lagerfeuer hervor: Man hört zu, ist melancholisch, albern, nachdenklich, entspannt. »Zufällige Begegnungen und alltägliche Gegenstände macht Selim Özdogan zu etwas Außergewöhnlichem.« BRIGITTE
Geschichten. 222 Seiten. AtV 1917

*Mehr unter
www.aufbau-verlagsgruppe.de
oder bei Ihrem Buchhändler*